U0068093

樂讀 456 —— 進階 099

黑貓魯道夫 3

魯道夫與來來去去的朋友

文 齊藤洋
圖 杉浦範茂
譯 陳昕

目錄

序 4

1 大鬍子男和鴿子的味道 10

2 「我是男孩」和玄關的聲音 21

3 對岸來的虎斑貓和攻擊事件 30

4 貓質和蠢蠢欲動的腳 43

5 「小哥」和前來邀約的米克斯 52

6 鐵軌橋「下」和鐵軌橋「底下」的草裙舞 67

7 前來賠罪的米克斯和許多鴿子的地方 84

8 無法放回去的書和兩個關卡 93

9 比貨車更為驚險的電車和隧道裡的車站 109

10 巨大的燈籠與耳畔傳來的聲音 118

11 船用保險櫃的抽屜和里哥 130

12 淺草的歸途和水泥牆上的小雪 145
13 流浪貓還是寵物貓？ 159
14 鴿子的測試和神社地板下睡覺的我 175
15 前來的恰克和枕頭上的睡眠姿勢 183
16 偷窺庭院的狗和牆上奔跑的貓 197
17 歸來的阿里和我的靈光一閃 206
18 惡霸的攻擊目標與「幫忙」、「依靠」的不同 218
19 我的作戰計畫和頭頂捲髮器的飼主太太 227
20 稍長的終曲和有教養的貓不做的事 243
456 讀書會 259
後記 262

序

我是一隻黑貓，名叫魯道夫。我有一個特殊的專長，就是我會寫字。

這是我的第三本書。第一本叫做《魯道夫與可多樂》，第二本叫做《魯道夫．一個人的旅行》，現在你正在讀的這一本是前兩本的續集。

我出生於日本岐阜，現在則住在東京。所謂的「東京」，是指位於日本本島東邊盡頭的

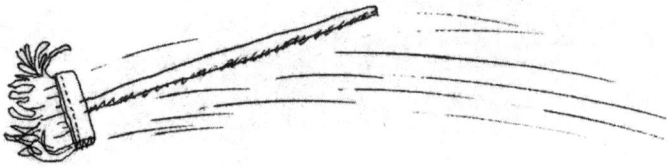

地方。從附近的江戶川堤看過去，可以望見千葉縣。

兩年前，我從魚店偷了柳葉魚，被魚店老闆一路追捕，後來及時跳上停靠在附近的一輛貨車的載貨臺。在那一瞬間，我的頭也同時被魚店老闆從後面丟過來的拖把擊中，昏了過去，就這樣一路從岐阜被載到東京。

那時候的我，還只是一隻小貓。現在回頭想想，以當時那樣小小的身軀，能夠跳上那麼高的貨車載貨臺，實在是件不可思議的事。現在的我，除了會寫字以外，跳躍也成了我的強項之一。

然而到目前為止，我還是想不透那個魚店老闆到底是個什麼樣的人。為了區區一條柳葉魚，可以那樣追趕一隻小貓，甚至失心瘋似的丟拖把，而且那支拖把還是花店老闆的呢！那支拖把和我一起被載到了東京。魚店老闆肯定得買一支還給花店老闆了。

當我將這件事原原本本的告訴可多樂時，他說：「會做出這種事的人，就是沒有教養的人。」我也這麼想。可是偷柳葉魚，也不算是有教養的行為吧！不管是人類或是貓，一旦失去了教養，怎麼說都是很糟糕的一件事！

喔，對了，忘了跟大家說，我口中的「可

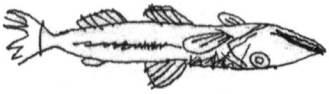

多樂」，就是我剛到東京時，對我非常照顧的貓老大。到目前為止，我依然受到他的照顧。

「可多樂」是一隻灰棕色帶有黑色條紋的虎斑貓。我想第一次見到他的人，大概會認為他是隻小老虎，不會把他歸類成貓吧！因為可多樂的體型比一般貓還大。

「想要打敗虎哥，比看見白烏鴉的機率還要小。」

說這句話的是米克斯。

米克斯是五金行養的貓，年紀比我大一些，和我的交情很好。他嘴裡的「虎哥」，是可多樂的另一個名字。

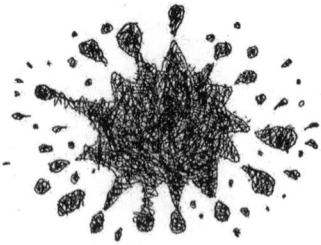

我和可多樂第一次見面的時候，問他叫什麼名字，他回答我：「我的名字『可多了』。」他的意思其實是說他的名字多得不得了，我卻誤以為他叫做「可多樂」，從此以後我就一直叫他「可多樂」。

好了，言歸正傳，我想天底下應該沒有白烏鴉這種東西，就算有，也非常稀有吧！而比起白烏鴉，可多樂打架打輸，更是稀奇。

米克斯這麼說完全沒錯，可多樂確實只有吃過一次敗仗，可是那完全是大魔頭使用了卑鄙手段獲勝的，總之，一點也不光明磊落，所以那或許根本不該稱為「敗仗」。況且大魔頭

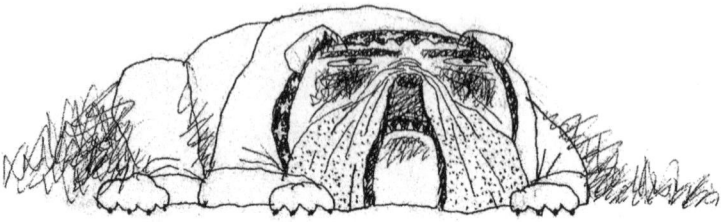

根本就不是貓，而是隻鬥牛犬！

現在，我們已經和大魔頭言歸於好了，也就是說他和我們——我、可多樂、米克斯，現在是好兄弟了。

說到這裡，或許你會好奇，究竟我剛剛說的那些事是怎麼一回事？還有，為什麼一隻貓咪會寫字？關於這些，都詳細的寫在《魯道夫與可多樂》和《魯道夫．一個人的旅行》裡了，等你看了之後就會完全明白。好了！廣告打到這裡，接下來我要開始說新的故事嘍！

最後，希望你可以興味盎然的把這本書讀完，這樣我會很高興的！

1

大鬍子男和鴿子的味道

五月了。

這一個多月以來，櫻花已經開滿枝頭，完全把葉子都覆蓋住了。狗屋那裡傳來大魔頭的鼾聲，除此之外，四周一片寂靜。

我坐在池畔邊一塊平坦的石頭上，望著池塘的綠色水波，突然，池子底下冒出一個紅色的東西，立刻又咻的潛了下去。

雖然那東西已經往底下沉，但我仍然分辨得出那是條大金魚。他的動作遲鈍，如果在發現的瞬間，快速的伸出爪子去抓，肯定輕而易舉就能抓到。可是我並沒有那麼做。為什麼呢？因為這裡是大魔頭家的庭院，在朋友家的池塘裡抓金魚，是沒有教養的行為。

話雖如此，在金魚慢慢冒出水面的時候，我還是不由自主的伸出了爪子。儘管我多少讀了點書，也會寫字了，但是在這種時候，畢竟還是改不了貓的本性。為什麼會這樣呢？當我正在思考這個問題的時候，背後傳來了說話聲。

「幹麼不抓呢？明明近在眼前。」

米克斯不知何時已經來到我身後的草坪上，他正用右前腳磨蹭著臉。每當我們貓咪做這個動作的時候，人類就會說：「貓咪在洗臉。」這麼說也沒錯，每當我們想要把臉弄乾淨的時候，確實會這麼做，但我們絕不會把臉伸進池塘裡。

「哪有！我又沒有要抓魚，只是看看而已。」我說。

米克斯沒有搭腔，只是再次用前腳不停磨蹭著臉說：

「真是受不了！」

「受不了什麼？」

「還不就是人類嘛！那個留著一嘴髒鬍子的老頭。」米克斯一邊說，一邊起身坐到我旁邊。

「我說啊，要是有個不知打哪來的老頭，莫名其妙的劈頭喊你：『嘿，你是小魯吧！』然後一把抱起你，用大鬍子不停磨蹭你的臉，你會怎樣？」

我在腦海裡試著想像這樣的畫面：對面坐著的不是米克斯，而是一個不相識的男人，嘴裡還喊著：「嘿，你是小魯吧！」然後一把抱起我，用大鬍子磨蹭我的臉。好難啊，根本沒辦法想像。如果是認識的人還可以，但是，要我想像一個不認識的人對我做這種事，實在太難了。

我問米克斯：「發生什麼事了嗎？」

米克斯做了一個厭煩的表情說：

「發生什麼事？說起來真是討厭死了。剛剛我家店裡突然來了一個大鬍子，還沒跟我家主人打招呼，就一把抱起我，說什麼：『嘿，你是米克斯吧！』然後用他的大鬍子一直磨蹭我。」

我不知道米克斯到底是討厭這件事中的哪一方面，於是我問：

「你討厭的是被一個陌生人喊你的名字，還是被那個人抱起來？或者是他用鬍子磨蹭你呢？」

米克斯眨了下眼然後回答我：

「三個都討厭！」

「這樣啊，那個人究竟是誰呢？」

「後來我聽他們對話，他好像是我家主人從茨城縣來的堂哥。聽說那個傢伙在我小的時候來過店裡一次，那時候也是這樣用大鬍子磨蹭我。」

「嗯，來過一次就記得，想必那傢伙是個愛貓人。」

「啊，好像是這樣沒錯，聽說茨城的大戶農家都養很多貓。」

米克斯說完，往池塘底下看了看，話鋒一轉：

「小魯，我知道你很會抓麻雀，那鴿子呢？烏鴉呢？」

「鴿子？烏鴉？」

「是啊。」

「我從來沒想過要抓鴿子或烏鴉，和麻雀比起來，這兩種都太大，抓他們太費力了。你想抓他們嗎？」

「嗯。」

「抓他們要做什麼？」

「那還用說嗎？當然是吃啊！」

我聽得瞠目結舌，眼睛睜得圓滾滾的；不過，貓咪的眼睛本來就是圓的。

我現在有時寄宿在可多樂的主人日野先生家，有時則在附近神社的地板下睡覺。不知道我這樣到底應該算是寵物貓，還是流浪貓？更早之前，日野先生還沒從美國回來的時候，我和可多樂一直都過著流浪貓的生活。儘管如此，鴿子和烏鴉我是一次也沒吃過。而不管是鴿子或烏鴉，可多樂都不會對他們出手。最重要的是，米克斯是隻道道地地被豢養的寵物貓，別說鴿子烏鴉，就連麻雀也沒吃過呢！

「鴿子的話或許還有可能，可是烏鴉那麼強悍，而且我想一點也不美味吧！」我說。

「這樣啊！」米克斯說完，便起身往日野先生家的籬笆走去。

順道一提，之前日野先生家的庭院和大魔頭家的庭院中間有道水泥牆，現在變成籬笆了。日野先生長期住在美國，在家的時間非常少，大魔頭總是在兩家的庭院中自由穿梭，順道幫日野先生看家。因為這是日野先生的主意，所以水泥牆翻修成籬笆的費用，就由日野先生支付。

米克斯的身影消失在日野先生家的庭院裡。大魔頭不知道什麼時候醒來了，悄悄的走過來，用和他體型不相稱的聲音，小聲的問我：

「那傢伙的胃口改變了嗎？」

我看著大魔頭說：

「你偷聽我們說話？」

「偷聽？你們兩個嗓門那麼大，我不想聽都不行。」

大魔頭朝日野先生家的庭院望去，嘴裡嘀咕著：

「我們家主人的老婆有個妹妹，這個妹妹幾天前生了孩子。當她的孩子還在肚子裡的時候，每次到我們家，光吃一些像是橘子、葡萄柚這些很酸的東西。現在孩子生出來以後，就變成喜歡吃羊羹、巧克力餅乾這些甜的東西了。」大魔頭表情很認真的說。

「那是什麼意思？」我問。

「肚子裡有寶寶，喜歡的食物就會改變。」

我嘆了一口氣說：

「喂，大魔頭，米克斯可是公貓耶！」

大魔頭用輕蔑的眼神看著我。

「那又怎樣？你們貓咪會幹什麼事我是不知道啦，說不定公的也會生孩子。」

「大魔頭，你是認真的嗎？」

「沒啦，我說著玩的。」大魔頭說完，打了一個大呵欠，走進狗屋，躺下去睡了。

馬上到了午飯時間。

烏鴉肯定很難吃，但是鴿子或許很好吃也說不定，我心裡暗暗想著。也許是因為肚子餓的關係，才會去想一些平常不會想到的事吧。

2

「我是男孩」和玄關的聲音

我看似是一隻自由自在的貓，好天氣的夜晚就睡在神社的地板下方，下雨天就寄宿在日野先生家，但倒也不是一定如此，只是常常這樣。

日野先生家的玄關門下面有個貓咪專用的小門，二十四小時都可以自由進出。

日野先生在四月底的黃金週放假前去了美國，預計六月底左右回國，所以，現在日野先生家只剩可多樂。白天，幫傭婆婆會來打掃，順便幫我們準備食物，或是用梳子梳理我們身上的毛。我剛到東京的時候，還曾經把幫傭婆婆誤認為是巫婆呢！

我在大魔頭家的庭院遇到米克斯的那天，因為晚上忽然飄起了小雨，所以我就寄宿在日野先生家。大約九點多，我從玄關那個貓咪專用的小門進去時，日野先生的書房燈還亮著。

順道一提，除了書房以外，其他所有的門下方都有貓咪專用的小門。日野先生不在家的時候，書房的門會開著，我和可多樂當然也就可以進去，而且書房上方的電燈開關遙控器就放在桌上，只要按一下圓圓的按鈕，就可以開燈或關燈。因此，即使家裡沒有人，我們晚上也可以自己開關燈。除此之外，桌上也有檯燈，只要觸碰一下就可以控制開關。

書房的燈開著，我一走進書房，往檯燈那邊望過去，就看見可多樂坐在桌子上，似乎是在看書。

可多樂抬起頭，從桌上俯視我。

「小魯，你有用玄關前面的那條抹布，把腳好好的擦乾淨嗎？」可多樂問。

玄關的抹布是給我們貓咪擦腳用的，幫傭婆婆每天都會更換新的。白天如果幫傭婆婆在的話，她會幫我們擦腳。幫傭婆婆回去之後，我們就要自己用抹布把腳上的汙泥弄乾淨。一隻有教養的貓是不會用沾了泥巴的腳走進屋裡的。

「嗯，當然有啊！」

我點點頭，跳上桌子。

桌上有一本像是繪本的書攤開著。上頭畫了一個人類男孩，旁邊有個像漫畫的泡泡框，裡面寫著句子，至於寫了什麼，我不知道。那個字看起來像是羅馬字母，大概是英文吧！

「喂，小魯，你來看這個，很奇怪對吧，真是太好笑了。」可多樂說。

我看不出來他所謂的奇怪是指什麼。

我問可多樂：

「這個男孩說了什麼？」

「這就是問題了。他說：『I am a boy.』這句英文的意思就是『我是男孩』，簡直是胡說八道。」

I am
a boy.

我完全不了解可多樂為什麼要發這種牢騷。畫裡的男孩只是說「我是男孩」，沒有什麼好奇怪的啊。

「這有什麼不對嗎？如果這個男生說『我是女孩』，那才噁心呢！可是他說的是『我是男孩』，我不覺得有什麼奇怪呀！」

我話剛說完，可多樂就大嘆了一口氣說：

「唉，真是隻不會思考的貓……小魯啊！你有看過或聽過哪個人會像這樣說『我是男孩』嗎？這個人不用說，一看就知道是個男孩，但是有哪個人會像這樣自我介紹說『我是男孩』？不管是在日本還是美國都一樣。」

我同意可多樂的說法。

「這樣說起來，確實有道理。」

「對吧！不能這樣說嘛。這種書根本一點用都沒有。」可多樂說完便啪的一聲，把書闔上。

「可是，這本書怎麼會在這裡？是日野先生的嗎？」我問。

可多樂搖搖頭說：「日野先生的英文這麼溜，怎麼可能會看這麼幼稚的書？那是我白天到附近公寓的垃圾場裡撿來的。它和一堆舊報紙捆在一起，我咬斷繩子，把它叼回來。這東西光是重，卻一點內容也沒有。只有會丟書、沒教養的人才適合讀，無聊透頂！」

可多樂說話的時候，我似乎感覺到玄關那邊傳來一陣像是小鳥的聲音。不知道是不是自己的心理作用。可是我看可多樂的耳朵也抽動了一下，似乎也感覺到了。

「好像有人來了。」我說。

「會不會是米克斯？」可多樂跳下了桌子。

我也跟著跳下桌子。這時，玄關又傳來「叩、叩」的聲音。

如果是米克斯的話，他應該會喊「喂，虎哥，你在嗎？」然後直接進來。

可是玄關那裡，也沒有米克斯的聲音。

我和可多樂互看了一眼。

喀噹！

是貓咪專用的小門關上的聲音。有什麼人進來了？

可是，接著就鴉雀無聲，再也沒有動靜了。

這個人似乎只走到玄關，沒進屋裡來。

「會是誰呢？」我小聲的對可多樂說。

這時，玄關方向傳來說話聲：

「不好意思，請問有人在嗎？」

是公貓的聲音。

3

對岸來的虎斑貓和攻擊事件

是兩隻虎斑貓。

可多樂慢慢走向玄關，我也跟在後頭。一到玄關便看見兩隻虎斑貓。

其中較大隻的開口說：

「好久不見了，虎哥老大、小魯大哥，你們大概忘了吧，是我們啊！市川的龍虎三兄弟，我是恰克啊！」

他們是住在江戶川對面河岸的貓。之前曾經來挑釁，找我的碴，結果被可多樂狠狠的修理一頓後逃走了。說話的叫恰克，另一隻叫阿里。他們應該還有一個大哥叫做普拉多，不過那時候不在場。

「之前的苦頭還吃得不夠嗎？還想打架？」可多樂說。

「沒、沒那回事，怎麼會想打架呢！」恰克邊說邊慌忙的把腳往後縮了一步。

「我說啊……你們兩個，在這種下雨的夜晚，如果是一隻懂禮貌的貓，絕對不會不請自來的。想必上回教你們的禮儀，全都忘了吧？是不是要我再給你們上一課啊？」

可多樂一說完便往前邁了一步，恰克和阿里隨即往後倒退兩步。站在恰克身後的阿里，屁股還撞到了大門。

「不是這樣的，我們為了早點找到兩位，一大早就出門了。我們到神社發現兩位不在，就四處去打聽，走著走著就這麼晚了，沒想到又突然下雨。我們本來想今晚先露宿街頭，等天亮再來打擾，可是我們實在一刻也不能等了，阿里也說……」

恰克話還沒說完，就被可多樂打斷。

「知道了，知道了，廢話少說，講重點！」

「沒別的事，重點就是我們是來接你們兩位的。」恰克說。

上次恰克和阿里找我打架時，也是想把我叫到小學操場去，那時候，他們的大哥普拉多就等在那裡。

「你們那個連面都不敢來見我的大哥，這會兒又在哪裡等著了？該不會又想找我打架了吧？」

可多樂此話一出，恰克慌張的趕緊搖頭。

「不、不是這樣的，這次普拉多沒來。他想來，可是沒辦法。」

「什麼叫做『他想來，可是沒辦法』？」

「嗯，其實大哥住院了……」

「住院？所以你的意思是要我去探病？呵，我可沒那麼重要。」

「不、不是這樣的……」

「不然是怎樣？你給我老實說，

如果又想打什麼鬼主意，小心我再賞你們一頓排頭吃！」

可多樂做出餓虎撲羊的樣子，使勁壓低肩膀準備行動。

恰克害怕的說：

「等、等一下嘛，我、我正要把事情的經過從頭到尾說給你們聽啊！」恰克向我露出求救的眼神。

「嗯，可多樂，就聽聽看他要說什麼嘛！不然每次他要說話，都被這樣威脅，話都說不出來了。」我試著替他解圍。然後，我回頭問恰克：

「你們從河對岸過來，一直在找我們，今天一定沒吃什麼吧？」

「嗯、是……是……」

看他的模樣，就知道他們一定早就餓得肚子咕嚕咕嚕叫了。

日野先生家的廚房裡隨時都備有貓罐頭，碗裡也會有貓餅乾。當然，不只是可多樂，我也可以吃。幫傭婆婆每次回家前，都會檢查一下還有沒有貓罐頭，或者碗裡有沒有貓餅乾。

「先來吃點東西，餓著肚子，話也說不清楚。」我轉頭試探性的問了一下可多樂：「你說是吧，可多樂？」

「好吧，打敗兩隻餓肚子的貓，傳出去也不好聽。」可多樂接著說：「那麼，你們兩個進來之前，先用那裡的抹布把腳好好的擦乾淨。喔，還是先把溼答答的身體弄乾吧！」

可多樂會這麼說，完全是為幫傭婆婆著想。

恰克和阿里打哆嗦似的抖抖身體，等確定他們把身上的雨滴抖乾，也在抹布上把腳抹乾淨後，我便往廚房走去。恰克跟在我身後，阿里跟在恰克後頭，可多樂則緩緩的走在最後面。

看樣子，恰克和阿里真的是餓到極點了，他們把貓罐頭和貓餅乾吃了個精光。

面對這樣的情景，可多樂一句牢騷也沒有。

「吃飽了，有什麼事就快說吧！」

可多樂跳到餐桌旁的椅子上，我則坐到椅子的正下方，恰克開始細說從頭。

普拉多、恰克和阿里，這龍虎三兄弟是江戶川對面的市川市，一個大戶農家飼養的寵物貓。恰克驕傲的告訴我們，北從常磐線、南到總武線，都是他們的地盤。從地圖上一看就明瞭，這對貓來說，的確是很大的地盤。除此之外，還有一件令他們頗為自豪的事，那就是在龍虎三兄弟的嚴格控管下，這塊地盤從不曾發生過任何一件貓的糾紛，就連附近的狗，也幾乎不曾對貓動過手。可是，就在一個星期前的某個夜晚，龍虎三兄弟在自家的庭院裡，遭遇到一件前所未有的慘事。

龍虎三兄弟的主人飼養了一隻臘腸狗，叫做阿丹。阿丹被主人放養在偌大的庭院裡。龍虎三兄弟和阿丹的感情非常好。有一天，阿丹被一隻不知打哪來的惡霸狗攻擊，連出手搭救的普拉多也因此受了重傷。

那是個月黑風高的夜晚，龍虎三兄弟正在走廊下酣睡，突然聽見阿丹的哀號聲：「阿嗚！」

普拉多第一個飛奔到庭院，當然，恰克和阿里也緊跟在後。

他們一到庭院，便看見正中央有兩個黑影。一個黑影橫躺在地上，另一個黑影則直挺挺的站立著。庭院的角落裡有間車庫，車庫的燈還亮著，藉由燈光可以清楚辨識出那個站立的影子不是阿丹。再加上那個哀號聲，種種跡象都顯示，倒在地上的肯定是阿丹。

而那個站著的傢伙，就是攻擊阿丹的壞蛋！

看到這個情形，普拉多二話不說，便朝那個傢伙撲過去。可是，那傢伙突然一個轉身，從上方迅速的咬住普拉多的頸子，將他在空中左右亂甩，然後扔了出去。

普拉多的頭撞上堅硬的地面，差點一命嗚呼。幸好這時候他們的主人開著貨車從農會的聚會回來。如果再晚個十分鐘，普拉多和阿丹的命運就不知會如何了。

在貨車的車頭燈照耀下，從那隻狗離去的背影來看，雖不能說是非常大型的狗，但至少也是隻中型的長腳鬥牛犬。

聽到這裡，我想像著大魔頭的腿變長的模樣。大魔頭可是一隻擁有正統血統證明書的鬥牛犬。

「長腳鬥牛犬？或許是杜賓犬也說不定。」坐在椅子上的可多樂，若有所思的嘀咕著。

說到杜賓犬，我在小學圖書室裡的《犬類圖鑑》看過。那種狗是看門犬的代表，被那樣的狗攻擊，一定必死無疑。

「虎哥老大，雖然這麼說有點抱歉，但那傢伙恐怕不是你想的那種狗。」

說話的是阿里。阿里和恰克長得很像，體型比恰克稍微小一些，但是比我大一些。

恰克小聲的繼續說道：

「阿丹和我們大哥普拉多很快被送到醫院治療，就這樣住了院。之後據阿丹形容，他是在睡覺的時候，不知不覺中突然被襲擊的，所以他並不清楚究竟是哪種狗攻擊他。不過，可以確定的是，那隻狗並不是杜賓犬、牧羊犬，或動物醫院牆上的海報通常會貼的任何一種狗。」

「所以說，你們是因為那隻叫做阿丹的臘腸狗和普拉多受傷，才來這裡的？」可多樂問。

「是的，就是這樣。就像我剛才說的，我們是來接你們的。我們想請小魯大哥幫我們復仇。」

「什麼？」脫口大喊的不是可多樂，而是我。

到目前為止，恰克兄弟所說的事似乎都與我無關，我只把它當成故事來聽，完全沒料到會冒出我的名字。

這回可多樂似乎也嚇了一跳，大叫出聲：

「你說什麼？」

4

貓質和蠢蠢欲動的腳

東京和千葉之間的大橋上，一輛輛車子緩慢的駛過。

看來，早上的尖峰時刻還沒結束。

「小魯，不要那種表情，不會有事的。」從日野先生家出來以後，我們便沿著江戶川堤防走著，可多樂一直重複著這句話。

「可是……」

可多樂對著欲言又止的

我，再次重申那句話。

「那隻惡霸狗在市川、松戶大肆破壞後，一定會過河到對岸來的。在那之前，我們必須先逮到他，好好教訓一頓，讓他改邪歸正。」

「就是說啊，小魯大哥。雖然我大哥普拉多正在住院，但只要我恰克呼喊一聲，市川、松戶的三千貓族，一會兒工夫便會集合起來，等虎哥老大一聲令下，大家就會拚命戰鬥了。」

恰克說完，一同來送行的米克斯嘟囔著說：

「那就用不著虎哥出面啦，只要恰克兄你一聲令下，那些貓戰士就會去拚命了。」

米克斯是不贊成可多樂去遠征的。

「話可不能這麼說，那可是有差別的呀！不管怎麼說，能夠一下子就把我大哥打敗的，就只有虎哥而已。要靠我自己的能力，恐怕……」

正當米克斯想要反駁恰克時，可多樂打斷了他。

「夠了，米克斯，我已經決定要去了。」

昨天夜裡，可多樂和恰克已經針對此事商議過了，最後的決定是由可多樂前往市川，而不是我。

之前，可多樂慘敗給大魔頭後，我做了類似復仇的行動，降服了大魔頭，而這件事似乎傳遍了整個市川和松戶。

「只憑兩隻貓的力量，運用連惡魔也料想不到的計謀打敗了鬥牛犬，這樣顯赫的戰績早就傳遍市川各地，名聲甚至遠播至船橋市郊。正因為如此，之前我們龍虎三兄弟才會不自量力的，想要藉由打敗這樣的大哥而出名，說起來真是丟臉。」

昨天晚上，恰克向可多樂坦誠了一切。

我想，不管恰克或者阿里，他們都不認為我可以正面迎戰那個打倒普拉多的傢伙，甚至打贏對方。聽說他們原本打算請我利用那個所謂的「連惡魔也料想不到的計謀」，追趕那傢伙，然後大夥兒再一起狠狠的教訓他。

「不可能讓小魯去做這麼危險的事，但我們也不能無視這件事的存在，拒絕你們。所以，只好由我來代替小魯了。你們對我這個決定有什麼意見嗎？」可多樂問。

「怎、怎麼會有意見呢？虎哥老大願意代替小魯大哥去，我們求之不得啊！」恰克拚命搖頭。

可多樂代替小魯，就這樣決定了。

天一亮，我立刻就去通知大魔頭和米克斯。大魔頭沒辦法出來外頭，所以沒來送行。

可多樂在出發前，隔著籬笆，對大魔頭大喊：

「我要到對岸去啦！」

大魔頭只回了句：

「喔，這樣啊，保重啊！」

大魔頭之前已經從我口中得知可多樂此行的目的，他用擔心的眼神目送我們離去。

「市川的事就由市川的貓來解決就好，幹麼要勞動我們呢？」

米克斯對我說。

雖說如此，可是當見到可多樂時，米克斯半個字也沒提，因為他知道，可多樂一旦決定了的事，是不會改變的。

所以，米克斯和我一起來到橋頭為可多樂送行。送行的隊伍中也包括阿里，是恰克建議他留下來的。

可多樂原本拒絕這個提議，但是恰克說：

「這不是我們的主意，而是大哥普拉多的意思。他要求我們必須這麼做。為了證明我們龍虎三兄弟沒有任何陰謀，所以留下阿里當人質，不，是『貓質』。」

阿里似乎也打定主意這麼做。不過可多樂對阿里說：

「你留在這裡，反而會造成麻煩。」

可是不管可多樂怎麼反對，阿里仍舊沒有要回去的意思。

我們一群貓走到橋頭，可多樂停下腳步說：

「好了，小魯，就送到這裡，快回去吧！你送我過橋的話，我心情會很糟的。只要逮到那隻惡霸狗，好好教訓一頓後，我就會回來，你不用擔心。」

不等我開口，可多樂便對恰克說：「走吧！」然後快步的過橋去了。

「那麼，小魯大哥，我們阿里就拜託你了。」

恰克一說完，立刻追上先走一步的可多樂。

「唉，我應該一起去的。」我碎唸著。

站在一旁的米克斯說：

「算了吧，你去只會給虎哥添麻煩。」

其實，昨天晚上，我確實有跟可多樂提議，讓我一起去。可是，可多樂訓斥我說：

「你跟在旁邊，我行動的時候就得分心注意你，不能好好跟那隻惡霸狗戰鬥。而且，我不在的期間，這裡也許會發生什麼事也說不定，所以你還是留在這裡比較好。」

看著恰克離去的背影，我不由得擔心起來。

總覺得我還是應該跟著去才對。

正當我抬起腳準備往前跨時，旁邊傳來阿里的呼喊：

「喂，哥，要保重啊！不用擔心我，替我好好修理那傢伙！」

看來，被獨自留下的阿里，心裡也是惶惶不安。

「可多樂，我等你回來啊！」這時的我，似乎也只能對著前方大喊，除此之外，什麼事也不能做。

我將蠢蠢欲動的前腳，放了下來。

5

「小哥」和前來邀約的米克斯

可多樂已經離開兩天了。

日野先生家的幫傭婆婆沒看見可多樂，擔心的唸著：

「奇怪了，怎麼都沒看見阿虎呢？」

幫傭婆婆都管可多樂叫「阿虎」，而叫我「小黑」。現在，即使進出家裡的貓換成了阿里，幫傭婆婆也沒有趕他出去。婆婆原本就是個愛貓的人。聽說當初日野先生在街上貼出徵人啟示，上頭寫著：「誠徵幫傭，年齡不拘，限愛貓人士。」婆婆一看見便前來應徵了。

之前，我已經將事情所有的細節都告訴了大魔頭，獨獨還沒告訴他有關阿里要留下來的事。於是，在送走可多樂之後，我帶著阿里來到大魔頭家。

大魔頭仔仔細細的詢問了有關襲擊阿丹和普拉多的狗長什麼樣子，希望知道是哪一種狗。可是，他得到的答案卻只是「體型龐大、腳很長的鬥牛犬」。

「腳很長的鬥牛犬？腳長的話，就不會是鬥牛犬了呀！」大魔頭納悶的搖搖頭。

其實，關於阿里，我有件事很不明白，那就是為什麼不管到哪裡，他老是要喊我「小魯大哥」？

「你可以不要一直喊我『小魯大哥』嗎？」我說。

「真不好意思，那麼我叫您『魯道夫大老闆』好不好？」阿里問我。

「我不是那個意思，『魯道夫大老闆』太長了，也不好唸。」

「是喔，確實是有點長，不然這樣好了，那我們就省略掉『魯道夫』這個名字，光叫『大老闆』就好，如何，大老闆？」

我嘆了一大口氣。如果我說「大老闆」不好，搞不好他會繼續說什麼「那就『特大大老闆』或『超大大老闆』」之類的。於是，我只好撒了這樣的謊。

「阿里呀，你知道嗎？我是在岐阜出生的。在我的家鄉裡，

凡是有名望的人，大家稱呼他們的時候，都會盡量縮短稱謂，這是一種禮貌。例如『聖德太子』，我們會稱做『聖子』；『喬治・華盛頓』我們會叫『喬治頓』；『貝多芬』我們叫做『貝芬』，而『總理大臣』我們則叫做『總臣』。用這個方式，『小魯大哥』就可以改叫『小哥』。所以，你就叫我『小哥』吧！」

「哎呀，原來在小魯大哥您的家鄉裡，有名的人都會這樣縮短稱呼啊！我都不知道呢，真是失禮了。那麼以後我都稱呼您『小哥』嘍。」阿里一臉認真的說。

於是，從那刻起，我的名字就變成「小哥」了。

撒了這個謊，總算是暫時應付過去，等阿里要回市川時再告訴他實話也不遲。

雖然剛才那些話是我隨口亂編的，但是「小哥」這個名字聽起來還挺可愛的。

從此以後，我就是阿里口中的「小哥」。

這天，阿里邀請我說：

「小哥，今天天氣不錯耶，我們一起去散步好嗎？」

我立刻答應了。老實說，我早就想去江戶川堤了，如果不是因為阿里在，我昨天就自己去了。雖然在江戶川堤沒辦法看見可多樂，但至少能看見可多樂在的地方——市川。可是顧慮到阿里的心情，我實在沒辦法說出「我們去江戶川堤」這樣的話，因為此刻的阿里一定很想回市川。

沒想到我和阿里一走出戶外，他就說：

「難得有機會出來走走，不如我們去江戶川堤好嗎？」

「什麼？」

我看著阿里的臉，他好像誤會了我的反應，語氣慌張的說：

「別、別擔心啦，我不會逃跑的。」

「什麼啊，我才沒有這樣想呢！而且就算你要逃跑，我也不會攔你。」

聽到我的回答，阿里歪著頭低聲說：

「嗯，小哥，其實這幾天，有些話我一直放在心裡，不知道可不可以問您？」

「有什麼話你說啊！」

「假使……惡霸狗的事件全部都是假的，也就是說，假使這一切都是我們龍虎三兄弟設下的圈套，要來欺騙小哥和虎大的話……難道您都沒有懷疑過嗎？」

一開始，我還在疑惑，他口中的「虎大」指的是誰。不過我馬上就想到，他指的是可多樂。不管怎樣，阿里的這番話，讓我心裡開始有些不安。

想必我現在臉上一定寫了「不安」兩個字吧！

可多樂時常對我教誨：

「你呀，一看表情就知道心裡在想什麼。對一隻成熟有教養的貓來說，這樣是不行的。不要輕易把心裡的喜怒形於色。」

阿里連忙搖搖頭說：

「當、當然沒這回事，我們絕對不會策劃什麼陰謀的。不過，要是換成我的話，說不定就會懷疑呢！」

或許，可多樂也曾經懷疑過這是個圈套，所以才堅持代替我去，甚至不帶我同行。

我越想越擔心。這時，阿里也慌張起來，連忙說：

「不會的，小哥，關於那個惡霸狗偷襲事件，全都是真的。

我們壓根也沒想過要對小哥和虎大設下這麼可怕的圈套。這件事如假包換，我敢向貓妖大人發誓，我說的都是真的。而且，都已經過了兩天，如果是圈套的話，騙到手以後我老早就逃走了，怎麼可能還待在這裡當貓質。」

這樣說也對，我想事情應該就是這麼回事，我總算放心了。可是，我還有個疑問，那個「貓妖大人」究竟是誰呢？

我問阿里：

「嗯，你剛說的『貓妖大人』到底是哪號人物？」

對於我的疑問，阿里顯得非常驚訝。

「咦？您不知道嗎？『貓妖大人』就是貓神，祂會……」

他二話不說，立刻抬起了前腳，用兩隻後腳立起整個身體，兩隻前腳則像人類的拳擊手一樣，前後揮動。

「只要祂擺出這樣的姿勢，不管對手是人類、貓，或者老虎、大象，都能像蜘蛛捕蟲一樣手到擒來。」

關於貓怪傳說，我之前聽可多樂說過，我潛進小學圖書室時也曾經讀過，最有名的一則是〈鍋島藩怪貓傳〉，簡單來說就是貓咪復仇的故事。

「『貓妖大人』應該是鬼，不是神吧？」我說。

阿里放下前腳說：「噓，千萬不可以這樣說啦！會被貓妖大人懲罰的。」阿里表情認真的繼續說道：「啊，對了，因為貓妖大人是很厲害的人物，所以應該稱呼祂為『貓大師』，可是又不太對，還是叫『貓巫』……不對，應該叫貓老巫。那這樣『貓妖大人的詛咒』就會變成『貓老巫的詛咒』。可是這樣聽起來好像是在說虎大家裡的幫傭婆婆，被聽見的話很有可能會被厭惡，或者不給我東西吃……」

他越說越奇怪，於是我打斷他：「我們走吧！」

我話一說完，阿里瞬間叫了起來：

「啊，是米哥，米哥來了。」

是米克斯來了。

阿里很久之前就耳聞過米克斯這號人物，雖然只知道名字而已。我和大魔頭開戰那次，米克斯當時也加入戰局，聽說這件事傳遍了整個市川。

米克斯似乎聽到了阿里的話，一邊走過來，一邊回頭張望。

「喂，小魯，你在這裡等客人來嗎？」

米克斯來到我身邊，再次朝來的方向張望著。

「沒有客人啊！」

「剛剛不是聽阿里說什麼『米糕來了』，米糕是誰呀？」

正當我要回答米克斯時，阿里搶先一步說：

「那不是再明白不過的嗎，米哥當然就是說您啊，不對嗎？」

阿里拋了一個眼神給我，尋求附和：

「您說是嗎，小哥？」

我實在不知道該怎麼回答他，於是只好馬虎的應付著：

「嗯，是……」

我話還沒說完，米克斯又問：

「『小哥』又是怎麼回事？」

「哎呀，你就先這樣接受吧！比起『米克斯大哥』，『米哥』聽起來好多啦！」我附在他的耳朵旁小聲的解釋。

「我實在搞不懂什麼叫做『米克斯大哥比米哥來的好聽』。我覺得小哥和米哥，唸起來都像是鴿子的名字。」

「反正，這件事我以後有機會再跟你說，你現在就暫時忍耐一下吧，米克斯。」

「既然你這麼說，那就這樣吧！」

米克斯接著說：「對了，我聽蕎麥麵店的三毛貓說有人在江戶川堤看見草裙舞，昨天有、前天也有，今天應該也會有，要不要去看看？」

「嗯，好啊，去吧，我們正想說去那裡散散步呢！」

於是，我們三個往江戶川堤走去。途中，阿里不停的喊著米哥，而米克斯，理所當然似的，就像一直以來他的名字就叫做米哥。雖然米克斯不知道是怎麼一回事，但他了解其中一定有原因，因此即使一直被叫米哥，他也不以為意。

米克斯一定是這麼想，所以才配合我的要求。這就是米克斯，我就喜歡他這一點。可多樂也常說：「那傢伙是個城市男孩，見過大風大浪。」

6

鐵軌橋「下」和鐵軌橋「底下」的草裙舞

在這一帶，季節更替最早的地方就是江戶川堤了。比如在大魔頭家的庭院裡，當你坐在池畔，望著綠葉顏色變深時，頂多會想，啊，春天就快要結束了。而當你來到江戶川堤，卻會看見夏草頂著熠熠陽光，發出哀號：「別晒我，別晒我，頭都給晒昏啦！」而堤防的斜坡更是草木茂盛。

當我們爬上江戶川堤，第

一個動作便是凝視對岸。

我若無其事的問道：

「阿里，你家在哪一帶？」

「我家不在河岸，市川很大，到處都可以是我家。從這裡望過去的河岸附近，都是我們的勢力範圍，偶爾會有人來巡邏。」

當阿里望向對岸時，臉上看不出有任何思念的表情。

東京都和千葉縣之間有好幾條鐵路相連著，其中最北邊的一條叫做常磐線。米克斯聽蕎麥麵店的三毛貓說，在常磐線前方的鐵軌橋下有人看見草裙舞，所以我們就跑來看看。可是到了這裡，壓根沒看到半個人跳舞，就連音樂也沒聽見。

「大概才早上，還沒開始吧！」我說。

「可是三毛貓說不管什麼時候都有啊！」

「米哥，您說的不管什麼時候，意思是說半夜也會有人跳舞嗎？」站在我身旁的阿里問。

「喔，我想應該沒人會在半夜跳舞吧！」米克斯說。

儘管如此，我的腦袋裡還是不由自主的浮出這樣的畫面：夜半，某個人在江戶川堤的鐵軌橋下跳草裙舞，感覺真陰森啊！

「唉，看不到也沒轍，到柴又的帝釋天（注1）走走，然後就回去吧！」米克斯說完就邁開步伐。

當我們爬上斜坡，走了幾十步路後，阿里突然從背後叫住了米克斯。

「米哥，那隻三毛貓是怎麼說的？」

米克斯停下腳步，回頭說：

「他說鐵軌橋底下有人在跳草裙舞。」

「他是說『有人在跳草裙舞』嗎？可是米哥，您剛剛明明是說『有人看見草裙舞』喔。」

「那有什麼不一樣？」

「嗯，您仔細想想，『跳草裙舞』和『有草裙舞』的意思很不一樣呢！」

「我想他是說『有草裙舞』沒錯。」米克斯想了一下才回答。

「嗯，所以您聽到的是『不管什麼時候在鐵軌橋底下都有草裙舞』。那我還有個問題，他是說『在鐵軌橋底下』呢？還是『在鐵軌橋下』？」

阿里喋喋不休的繼續追問，米克斯開始露出不耐煩的表情。

「這種小事就不用在意了吧，怎麼說還不都一樣嗎？」

「那不一樣。『在底下』和『在下面』意思差很多喔。『魔鬼就藏在細節裡，越小的事情就越要謹慎』，這是我大哥說的。」

阿里不肯罷休似的樣子，這會兒真的把米克斯給惹毛了。

「你那個大哥說什麼，不干我的事。雖然是我提議要來看草裙舞的，但也犯不著為了一句話被你這樣窮追猛打吧！你乾脆直接說：『是你說有草裙舞，我們才奉陪的，可是現在卻連個鬼影子也沒有！』」

因為米克斯這番挑釁的話，現場的火藥味已經無法只用「不高興」三個字來形容了。然而，阿里卻一派冷靜的說：

「我沒有什麼特別的意思，只是突然想到也許『有人』其實是『有』，而『在底下』其實是『在下面』而已。」

「啐！突然想到？」米克斯忿恨的說。

「沒事，只是隨便問問。」阿里說著，隨即往剛剛爬上來的斜坡走下去，我們也跟著下去。

突然，阿里在茂盛的草叢前停下來大叫著：

「快看……」

我們順著阿里指的方向望去，那裡似乎有個木製的箱子。

「我們靠近點去瞧瞧。」

阿里鑽進草叢，我和米克斯也跟了過去。

「就是這個，我剛剛就注意到了。」阿里說著，把右前腳搭在箱子上。

那是個像大型電視機般的五斗櫃，上面有好幾個小抽屜。

「是誰丟在這裡的呢？我家也有個像這樣的櫃子，是人類專門用來把小東西分開收納的櫃子。」

相對於阿里的悠哉，米克斯顯得不耐煩又焦躁。他罕見的大吼道：

「人類愛把什麼東西丟在什麼地方，那是人類的自由。但是，這個像小櫃子一樣的箱子，到底跟草裙舞有什麼關係？」

阿里看了米克斯一眼，視線再度落到小箱子上。

「這個東西正確的名稱是『船用保險櫃』，以前是專門放在船上用的保險箱。」

船用保險櫃？

該不會三毛貓嘴裡的「草裙舞」，其實是「船用保險櫃」？

（注2）而「在鐵軌橋底下」其實是「在鐵軌橋下」？

而「鐵軌橋下一直都有草裙舞」，其實是指「鐵軌橋下有個船用保險櫃」的意思？

剛剛阿里問的不正是這個意思嗎？或許三毛貓的意思其實是這樣。

「啐！這個混蛋！竟敢耍我！明明是鐵軌橋下，故意說成鐵軌橋底下。我們走，回去給他點顏色瞧瞧！」米克斯生氣的說。

米克斯這樣的態度還真是少見，一點也不像他的調調。那家蕎麥麵店的三毛貓向來有「廣播電臺」的外號，喜歡到處宣傳八

卦。三毛貓可能是把自己聽到的，一字不漏的轉述給米克斯吧！如果他真的存心想騙人，就不會是這麼點小把戲了。

老實說，我和那隻三毛貓並沒有交情，可是米克斯和他可是好兄弟，不至於開這種玩笑。這種惡作劇式的玩笑反而是米克斯的偏好。而且如果有人對他惡作劇，米克斯還會用另一個惡作劇回敬對方。這也是為什麼可多樂會說他是城市男孩的原因之一。

「算了啦，米克斯，就到此為止吧！看在今天天氣這麼好的分上，而且我們也見識過這個所謂的『船用保險櫃』是何方神聖，也算是上了一課。」

我試圖緩和氣氛，米克斯卻只是「嗯」了一聲，就轉過身去默默爬上斜坡。然而，他沒有往帝釋天的方向，而是朝剛來的方向走去。

就這樣，我和阿里並肩走著，米克斯則在前方和我們保持一段距離，一路沉默不語。

途中，阿里為了避免讓米克斯聽見，小小聲的問我：

「米哥一直都是這種脾氣嗎？」

「沒有，他很少這樣鬧脾氣。」

「這樣啊……」這次，阿里終於只簡短回應了一句，就沒再搭腔。

在不愉快的氣氛中，我們不知不覺的加快了腳步。當我們經過可多樂住過的那家獸醫院附近時，突然有個聲音從水泥磚牆上傳來，呼喊米克斯。

「米克斯！」

是一隻我不認識的灰色母貓，之前好像在哪裡見過。她身上有像西瓜一樣的黑色條紋。

米克斯停下腳步，抬頭看了一眼，隨即對我和阿里說：

「我先走嘍！小魯，我有話對她說……」

「有話對她說？可是，她到底是……是誰呀？」

我的話還沒問完，阿里就從後面用鼻子輕輕頂了頂我說：

「我們走吧！」

「可、可是……」

我抬頭看著那隻母貓，阿里又用鼻頭推推我，小聲的說：

「好了，不要杵在這裡了，走吧，我們先回去，我肚子有點

餓了。」

聽阿里這麼一說，我突然也覺得餓了起來。

阿里一直從後面催促我，於是我只好跟米克斯說：「那我們先走啦！」然後便朝日野先生家走去。

一路上，阿里痴痴的笑著說：「原來是這樣啊，米哥心情煩躁的原因就是那個啊！」

「哪個？」

「就是剛剛看到的那隻條紋貓

啊！」

「剛剛那隻條紋貓？」

「沒錯，就是那隻貓。這也難怪啦，現在是戀愛的季節嘛！」

「戀愛的季節？那是什麼意思？」

「哎呀，您是真不知道還假不知道啊？公貓戀愛的時候，通常都很容易心浮氣躁啊！小哥，您沒有過這種經驗嗎？」

「什麼經驗？」

「就是忐忑不安的經驗啊！那種在戀愛的時候，喜歡上一隻母貓時會有的感覺啊！」

「怎麼個喜歡法？」

「怎麼喜歡？就是……」

阿里說到一半，突然無奈的搖搖頭說：「唉，算了算了，說到鬍鬚打結您也不懂。」然後，他話鋒一轉，話題回到那隻條紋母貓身上。

「話說回來，雖然只隔一條河，但東京真的是與眾不同啊！沒想到會在圍牆上看到像那樣的母貓！」

「像那樣的母貓……市川沒有母貓嗎？」

聽到我這麼問，阿里頓時愣住，接著嘆了一口氣說：

「如果市川的貓全都是公貓的話，過不了多久，就會連一隻貓也沒有了。我的意思是，那隻母貓是美國短毛貓，是有血統證明書的，照理說應該不會在這一帶徘徊才對，他們通常只被養在家裡。換句話說，就是一種高貴的貓。」

專門被養在家裡的貓，這個我曾聽說過。而「美國短毛貓」我以前也在一本圖鑑裡看過，難怪我有似曾相識的感覺。今天算是頭一回親眼見識到。

不過，那種事我一點也不在乎。和阿里談話的過程中，我越想越氣。我在想，如果米克斯真的喜歡那隻貓的話，可以大大方方的向我介紹啊，而米克斯竟然說：「我先走嘍！小魯，我有話對她說……」

這究竟是什麼意思？他應該像我介紹阿里給他認識一樣，介紹那隻母貓給我認識才對。

我是這樣覺得啦！

注1：柴又的帝釋天：位於日本東京都葛飾區的日蓮宗寺院。正式名稱是「經榮山題經寺」，因電影《男人眞命苦》聲名大噪，至今遊客依舊絡繹不絕。

注2：「船用保險櫃」的日文發音和「草裙舞」的發音近似，只有一音之差。

7

前來賠罪的米克斯和許多鴿子的地方

隔天，吃過早餐後，我和阿里跑去神社香油錢箱前的階梯上打盹，這時米克斯朝我們走了過來。

「嗨，小魯，昨天為了一點無聊的小事亂發脾氣，還遷怒你們，真不好意思。」米克斯一臉抱歉。

「昨天，在獸醫院附近遇到的那隻貓，是我的女朋友。下次向你們好好介紹。昨天你們走了以後，她跟我說：『你為什麼不把我介紹給他們認識？』我反省了一下，我確實太失禮了。」

米克斯這番賠罪，讓我心情好多了。

「別說這個了，她叫什麼名字？從哪裡來的？是美國短毛貓吧？有血統證明書嗎？」我接二連三的提出疑問。

「她的名字叫小雪，是獸醫家養的貓，是有血統證明書的美國短毛貓。怎樣？這樣回答到你所有的問題了嗎？」米克斯也連珠炮似的回答我。

「她原本就住在獸醫院裡嗎？」我繼續問道。

「不是，她是最近才被獸醫收養的。聽說她來這裡之前，是住在一個有錢人家裡。」

「哪裡的有錢人家？」

「這我也問過她，但是她沒有詳細的告訴過我，我也沒有一直喋喋不休的追問。」

「如果你把她介紹給可多樂，他肯定也會喜歡。」

「我也這麼想，畢竟模樣長得很可愛嘛！」

「不是，我說可多樂會喜歡她，不是因為她可愛，而是因為她是『美國短毛貓』。最近可多

樂正在學英語，他可是很喜歡美國的。」我說。

「我說你呀，虎哥對貓的品種是不會在意的。老實說，你雖然算是個聰明的傢伙，可是有時候卻傻傻的搞不清楚狀況。」

一旁的阿里也點頭表示贊同。

「的確是這樣沒錯，我也覺得像小哥這樣，能夠想到魔鬼也想不到的計謀，打敗大魔頭那樣的狠角色，可說是智勇雙全。不過恕我說句失禮的話，有時候我也忍不住懷疑小哥您的智商，您竟然認為貓妖大人是鬼不是神！」

「貓妖大人又是什麼東西？」米克斯歪著頭問。

「沒、沒什麼，這個話題就到此為止吧！關於貓妖大人，還是少說為妙，說得不對會被懲罰的。」阿里慌張的小聲說道。

「你這話到底是什麼意思？」

「沒有，沒什麼特別的意思。」

「真是個古怪的傢伙。」

「我想現在不是討論我怪不怪的問題，而是小哥吧？」

「也對……」米克斯轉頭朝我看過來。

「小魯，說回我上次跟你提的那件事……」

「哪件事？」

「就是鴿子啊！」

「喔，鴿子。鴿子怎麼了？」

「我還是想抓抓看鴿子。」

如果你看過旅遊節目或者地方特色介紹，就會知道，很多寺廟和神社的廣場都會有許多鴿子停留。偏偏我們待的這個神社，通常只有兩、三隻鴿子。對我而言，跟麻雀比起來，我實在對鴿子沒什麼興趣。以我們貓族的說法，所謂有沒有興趣，是指看到了會不會想抓來吃。而這陣子，就算是麻雀，我也興趣缺缺。

「這裡本來就沒幾隻鴿子，想要抓的話，就得到鴿子多的地方去。」我隨口一說。

沒想到，米克斯當真興致勃勃的說：「沒錯，就是這樣，到滿滿都是鴿子的地方去！我正想試試呢，一起去吧！」

「要去也可以，問題是，去哪裡呢？」

「淺草啊！」米克斯毫不猶豫的說。

「淺草？」阿里拉高嗓門說，接著轉頭問我：「淺草也是小哥和虎大的地盤嗎？」

說到地盤，其實我根本沒興趣，但是這一帶確實可以說是可多樂的地盤。不過我根本不知道淺草在哪裡，我想那裡應該不是可多樂的地盤。

「我想淺草那個地方不是可多樂的地盤。」我對阿里說。

「那淺草在哪裡呢？」阿里問。

「我只知道淺草算是東京的老街。雖然這裡也算是東京的老街，但淺草應該距離這裡很遠。」米克斯回答。

「你怎麼知道離這裡很遠？」

「因為我家主人從市川到柴又的帝釋天，都是開車子去的，而到淺草的話就會搭電車。我家主人很喜歡帝釋天啊和觀世音這些的，常常會去。」

「如果是必須搭電車的路程，那麼要是走路去的話，可有得走了。但是，既然都是東京的老街，應該也不會太遠才對。只要米克斯一句話，我就奉陪到底。什麼時候去都可以，不過今天不行喔，我要先去找日野先生家的地圖，把那個叫淺草的地理位置弄清楚。真要去的話，明天一早出發吧！」我說。

「不用急著今天去，我們也不需要地圖。」米克斯說。

「不需要地圖？你的意思是說你知道路嗎？」

「就算不知道路，也有辦法去。」

「難不成，有順風車可以搭？」

「不是，只有我們去，而且是搭電車。」

我大吃了一驚。以為自己聽錯了什麼。我的耳朵聽到的是「電車」兩個字，但米克斯說的，會不會是其他的意思呢？

「米克斯，你剛剛是說『搭電車去』，對嗎？」我向他確認。

米克斯點點頭說：「沒錯，我們就搭電車去淺草。」

我是坐貨車從岐阜來到東京的，也曾坐貨車回去岐阜。至於電車，我一次也沒坐過。我想米克斯一定很討厭貨車這種東西。

「電車……」我一時語塞，說不出話來。

8

無法放回去的書和兩個關卡

米克斯之前曾經聽到店裡的客人和他主人的對話，知道淺草這個地方有許多鴿子，所以才會邀我一起去。

可是我實在不明白為什麼米克斯那麼想抓鴿子，就算冒著坐電車被抓的風險也要去？於是我忍不住問他。

但米克斯只回答我說：

「就像我之前說過的，就是想吃吃看。」

不管怎樣，我回到日野先生家以後，就到書房書架的最下層，找到一本叫做《東京下町導覽》的書。我用力把它抽出來，翻到淺草的頁面。根據這本書裡記載，淺草有一間寺廟叫做淺草寺，裡頭的觀世音很有名。

說到這個，有一天我在日野先生家，聽到他對幫傭婆婆說：

「我不在的時候，書房裡的書可能會從書架上掉下來。如果你看見了，就把它歸回原位。可能是阿虎那些貓兒們淘氣幹的，我是不介意，你看見了也別罵他們。」

我和可多樂常看書的事，我想日野先生一定知道，因為我們只會把書抽出來，沒辦法把它好好的放回去。

好了，總之，我從《東京下町導覽》這本書裡知道了去淺草的方法。從附近的車站搭電車過去，經過九站就會到。書裡還說，到了車站，車票的自動販賣機上會有路線圖，可以確認要去的地點。另外，我又找到一本叫做《東京二十三區道路地圖》的書。書上說淺草是屬於「台東區」。它還說，如果你無法搭乘電車，可以走哪一條替代道路來回，為了慎重起見，我仔細的看了又看。

就這樣，我們決定隔天出發去淺草。

不過，出發之前，又有個問題冒出來。阿里對米克斯說：

「淺草觀世音寺裡的鴿子，說起來也算是觀世音的弟子不是嗎？如果真是這樣，抓那裡的鴿子，不會有問題嗎？搞不好會遭到懲罰喔！」

「懲罰？貓抓鴿子是天經地義的事，為什麼要受罰？而且，我又沒有逼你去。」

聽到米克斯這麼說，阿里立刻接話：「不、不要這樣啦，米哥，這麼難得的經驗，就讓我一起去吧！」說完，阿里悄悄的靠近我說：「小哥，我也要去啦。如果米哥真的要抓觀世音寺的鴿子，我一定要阻止他。我覺得抓寺廟裡的鴿子實在不太好，我不讓他抓，也是為他好啦！」

「放心，反正他也抓不到。米克斯連麻雀都抓不到了，何況是鴿子。讓他試個幾次，一直抓不到，他就會放棄的。」我這麼跟阿里說。

於是，隔天早上，我們等交通尖峰時刻結束，搭電車的人潮減少後，就出發前往附近的車站。我們貓咪不必排隊過剪票口，要去月臺，只消輕輕一跳就成了。

對了，由於阿里一直跟在我們身旁，所以他稱呼我和米克斯為「小哥」、「米哥」這件事，我始終沒機會跟米克斯解釋清楚。不過，米克斯似乎對「米哥」這個稱呼已經非常習慣了。

到了月臺，阿里說：

「米哥，想到要坐電車，我的心臟就撲通撲通跳個不停。這是我第一次坐電車呢！」

「就是啊，雖然早有心理準備，可是真的到了這一刻，還是會有點緊張。」

米克斯回答得很順口，好像他打從娘胎出來就叫做「米哥」。

電車分成兩個終點，所以必須確認清楚來車是往哪個方向，以免搭錯車。第一輛電車是往淺草的反方向，所以我們就先藏身在月臺的長椅下，略過這輛電車。

下一輛是特快車，不會停靠我們這一站。

儘管尖峰時間已過，車站裡還是有人。而且從剛剛開始，旁邊商店裡的婆婆就一直不時的瞄我們一眼。

早知道應該先看過時刻表再來，當初不該以為電車有很多班，隨時都能坐上車，就沒有準備。

一個媽媽帶著一個讀幼兒園年紀的小女孩。小女孩指著我們說：「媽咪，那裡有三隻貓咪耶，他們也要坐電車嗎？」

我們吃了一驚。

正當媽媽回答女孩時，月臺的廣播聲響起。我們要搭的電車終於來了。電車一共有八節車廂，我們移動到大約第二節車廂停靠的位置。

不一會兒，南下的方向出現了一輛銀色列車，「嗚——」的一聲，駛進月臺，然後慢慢減速，最後停下來。

嘰嘰嘰……

就像空氣從哪裡洩漏出來似的，「嘎」的一聲，門打開了。

我們走向無人上下車的車門，我躍過月臺和電車間的間隙上了車，米克斯和阿里也跟著跳進來。

這是第一道關卡。

如果在跳上車的那一刻被車掌發現了，該怎麼辦？一般的通勤電車，車掌會坐在最後一節車廂。關於這個常識，《鐵道圖鑑》裡有寫。其實就算不看圖鑑，只要在車站附近眺望列車，也可以清楚的知道。所以我們盡量從前面的車廂上車，這樣就不容易被車掌發現。這是我的作戰計畫。

而且，這部電車一共有八節車廂，萬一我們在跳上車的時候被車掌看見，他也不至於為了趕走貓還特意跑過來。

我打的就是這個主意。

前一天晚上，我向他們說明作戰計畫時，阿里說：「說得也是，如果我是車掌，就算我發現貓上了車，也會假裝沒看見，放他過去。之後如果發生什麼問題，只要打哈哈的說：『哎呀！剛剛沒注意到有貓上車呢！』就可以蒙混過關。」

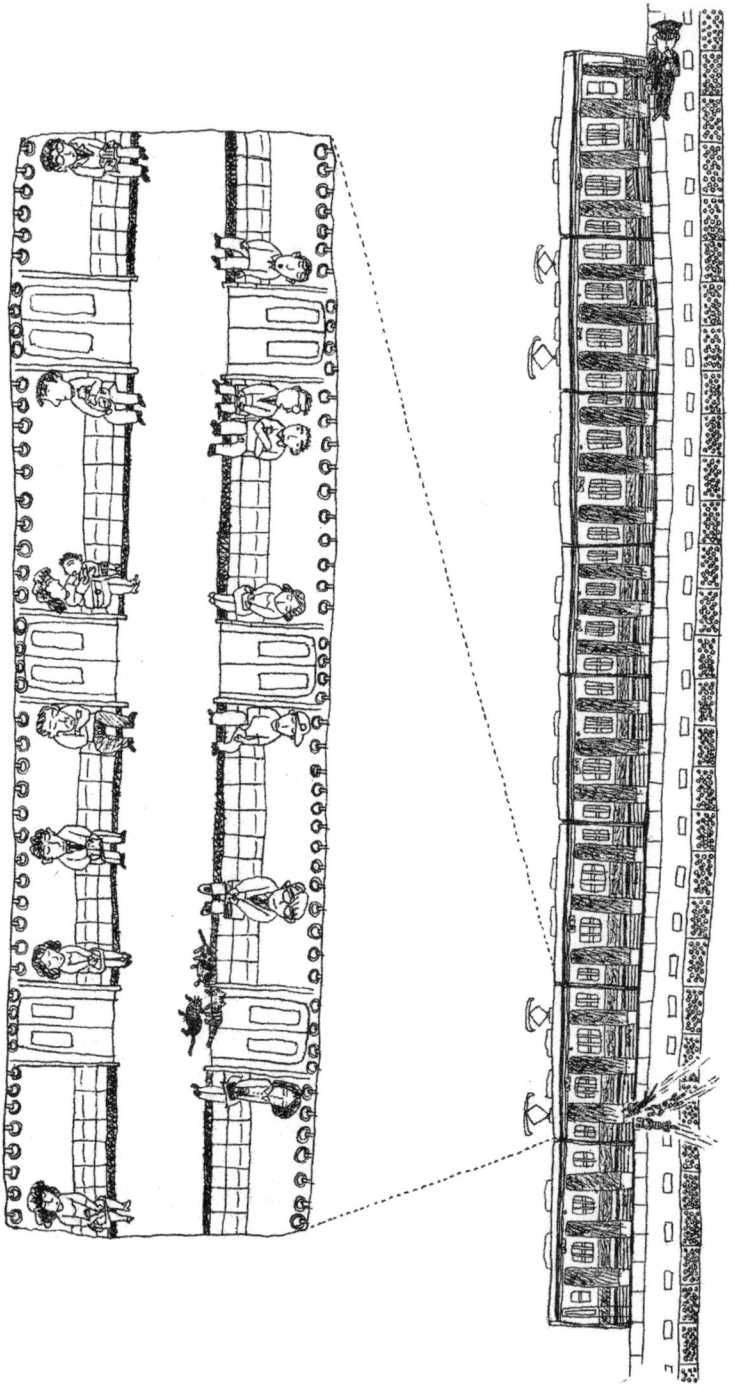

米克斯也附和說道：「沒錯，要是像獅子或者大型狗坐上電車，很難用『沒注意到』為理由蒙混過去。何況我家主人也說過，日本鐵道局最引以為傲的，就是他們的零事故，以及準時這兩件事。如果因為發現我們上了車而趕來追捕，不就會延遲發車時間嗎？」

嘰嘰嘰……

門關起來了，我們算是過了第一關。現在即使車掌發現我們跳上車，也不可能冒險延後發車了。

電車輕輕的搖晃了一下，就開動了。

由於我們三個都不是第一次搭乘交通工具，都曾搭過貨車，所以經驗老道的知道要叉開四肢，避免跌倒。和貨車相比，電車的搖晃程度算是比較輕微的。

「沒想到這麼順利。」阿里靠著我的耳畔說。

我點點頭，看了看四周。

從現在開始，將進入第二道關卡。

我們出現在電車上，也許會造成乘客的騷動。

一、二、三……

首先，我開始數車廂裡有多少名乘客。

……十二、十三、十四、十五。

我們這節車廂，一共有十五名乘客。如果你曾實際算過電車上的人數，就會知道，一節車廂十五個人，是非常空蕩的。

不久後，電車停靠在第一站。我們這節車廂的門打開，上來了一位老伯，老伯在門旁邊的位置坐下，朝我們這邊望過來。

電車馬上就啟動了，似乎只有老伯看見我們，其他人都沒發現。老伯瞪大眼睛看著我們，不知道是不是打算等車掌來的時候舉發我們。不過，車掌始終沒有來這節車廂。

總之，我們已經做好最壞的打算，如果情況真的不對，不管三七二十一，等下一站到了，先下車再說。

不一會兒，電車慢慢減速，在第二站停了下來。

老伯起身，急急忙忙的跳下車。我想他應該是要去通知站務人員他發現我們的事吧！

「大事不妙！」米克斯說道。

我們早有心理準備，只要一看情形不對，就在中途下車，然後再找機會上車，這樣反覆的上上下下，直到抵達淺草。不過，我衷心希望能夠一次達陣。

不久，關門的鈴聲響了，車子要啟動了。

可能是老伯沒有找到站務人員，否則就是站務人員沒看見他，老伯又上車了。

車門關上，電車開了。

老伯沒坐到座位上，反而朝我們這邊走來。

該來的還是會來，我們早有心理準備。

老伯從車廂尾走來，我們則慢慢朝前一節車廂走去。不久，我們來到車廂與車廂間的交接處，通道門關上了。

看樣子，我們被逼到絕境了。

老伯站在以人類來說約三步遠的地方說：

「這下該怎麼辦好呢？你們這些小傢伙，搭電車可是到不了家的喔！」老伯一邊說，一邊蹲了下來。

雖然他聽起來不像有什麼惡意，但不管是善意還是惡意，我們都不想被打擾。

就在老伯蹲到我們旁邊的那一剎那，我小聲的喊：「快

跑！」然後冷不防的跳開，從老伯旁邊逃之夭夭。

「哎喲！」老伯叫出聲往後一倒，雙手著地。

等他穩住身體回頭看我的那一瞬間，米克斯和阿里也跟著跑過他身邊。

老伯搖搖晃晃的站起來。

「啊，原來是貓啊！」

「貓為什麼要搭電車呢？」

隨著耳畔響起的疑問聲，我們跑向這節車廂的最尾端。

我們搭的這班列車是普通車，每站都會停靠。列車快到下一站了，我們打算下車。

電車慢慢的減速。

問題來了，到了下一站，老伯會怎麼做呢？

「如果老伯在下一站下車，而且沒有再上車的話，我們就繼續搭這班列車去。如果老伯沒下車，我們就下車。就這麼辦吧！」我說。

米克斯沉默的點點頭，阿里則說：「雖然我聽不太明白，但是小哥下車，我就下車；小哥不下車，我就不下車。」

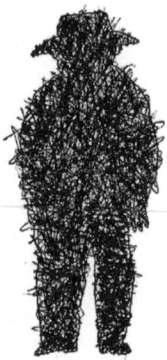

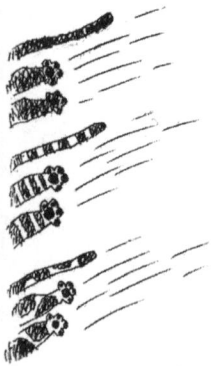

9

比貨車更為驚險的電車和隧道裡的車站

老伯在下一站下車了。他下車後就沒有再上車。這一站，我們這節車廂下去了兩個人、上來五個人。從剛剛就一直在車上的乘客，全都目不轉睛的看著我們，連後來上車的人也看著我們說：

「啊，有貓咪耶！」

「小哥，每個人都在看我們耶！我們為什麼不在上一站下車呢？」阿里問。

「因為我想要盡可能多坐一站，如果老伯剛剛沒下車，我們要在車上玩躲貓貓的話，我就會想下車；可是老伯下車了，混亂的場面暫時解決，我們至少可以再往下搭一站。」

這時候，米克斯喃喃的說：「那個老傢伙不知道會怎麼做？」

「他下車後應該會去告訴站務人員說車上有貓吧！」

「如果真是這樣的話，那會怎麼樣？」

「我想，站務人員一定會通知下一站，或下下一站的人。」

「然後呢？」

「那麼，站務人員就會在某一站上車來。他們會帶著像捕蟲網一樣的東西。」

「雖然我有自信不會被那玩意兒抓到，可是我討厭在電車裡狼狽的跑來跑去。」

「我也是呢，米克斯，我們就先在下一站下車吧！」

就在我跟米克斯談論的時候，電車已經到了下一站。我們一口氣跳出敞開的大門，跑到月臺上。

大概是一站的時間不夠讓他們聯絡好吧，一個站務人員也沒來，就像什麼事都沒有發生過一樣，電車啟動了。

電車駛出車站後，月臺上沒有任何乘客的影子，也沒有站務人員。雖然如此，我們為了安全起見，還是躲在長椅下。

「待會兒下一輛列車來了不要馬上上車，等過了四、五輛之後再上車比較保險。」我說。

米克斯點點頭，然後恨恨的說：「要不是那老頭子多事，也許我們就可以直達淺草了。」

「哎呀，算了啦，這種事早在預料之中的。而且說不定那個老伯沒有惡意，只是以為我們是可憐的『迷途貓咪』。」

「什麼叫做沒有惡意？」米克斯瞪了我一眼，隨即將目光轉向對面的月臺，嘀咕的說：「不是沒有惡意就可以做任何事，不管有沒有惡意，造成別人的困擾就是不對。」

最近的米克斯，只要有任何風吹草動都會發上一頓脾氣。難道這也是「戀愛的季節」造成的嗎？

正當我思考著這件事的時候，阿里說：

「哎呀，米哥，別氣了啦！我們這可是一趟快樂的郊遊，不是嗎？如果您一直這樣鬧脾氣，小哥會很為難的喔！小哥可是因為您說想吃鴿子，才陪您一起來的。」

米克斯垂下頭來，點了點頭，然後對我說：「說得也是，小魯，對不起……」

「這沒什麼啦！比起這個，電車裡的恐怖事件才真教人不敢領教呢！總而言之，電車比貨車來得驚險多了。」

「沒錯。至少在貨車裡，不會有追兵。」阿里附和說。

然而，這時我卻想起當初我來到東京的因緣。那時因為被魚店老闆沿路追趕，而跳上了貨車的載貨臺。當時的我，是被追捕而坐上車；現在，同樣是為了躲避追捕，卻下了車。

我還在岐阜的時候，經常到那間魚店偷柳葉魚吃。放在白色保麗龍盤裡的柳葉魚，我叼了就跑。剛開始的時候都沒有被發現，直到那次，我肚子實在太餓了，叼了之後，當下就大快朵頤起來，所以才被逮著。我很喜歡那家店的魚，可是很討厭魚店老闆。他每次一看見有貓靠近店裡，就立刻潑撒碎冰塊。

那老闆雖然可惡，但現在想想，還挺懷念那段日子……

一回憶起故鄉，我腦袋裡浮現了……理惠，我的小主人。不知道她現在過得怎麼樣？

我一邊想著，一邊從長椅底下抬頭望向天空。這時，電車進站了。我們略過了這輛車，然後又目送走了三輛，直到第五輛車進站，我們才跳上車。

車內依舊空蕩。有幾名乘客注意到我們，一直盯著我們看，不過幸好沒有造成任何的騷動。

連續過了兩站，我們都沒有被任何人追趕。我們就蹲在靠門旁邊的座位底下。可是好景不常，在尚未抵達下一站之前，發生了狀況。

電車開始減速，準備進入隧道。而下一個停靠站，竟然位在隧道裡！

米克斯和阿里似乎被這突如其來的狀況嚇到了。

是的，沒錯！原本行走在地面上的「電車」，這會兒成了「地下鐵」。

也許《東京下町導覽》裡有寫這一段，而我卻漏看了。我不知道這條路線是這樣的走法。但我確實曾經在《鐵道圖鑑》裡看過原本行駛在地面上的電車，在中途轉成地下鐵。

電車進入隧道後，搭車的乘客變多了。

還有兩站就到淺草了。而就在淺草的前一站，乘客突然蜂擁進來。座位全都坐滿了人，還有些乘客站立著。男女都有，不過男人偏多。這些人大多穿著西裝、打著領帶。雖然人很多，但是沒有一個人對我們多管閒事，頂多就是瞥見我們，發出「啊！」的一聲驚

嘆，然後露出驚訝的表情而已。

廣播放送著轉乘的訊息，終於，淺草站到了。

我們跳下電車，跟隨人們的腳步，慢慢的走著。只要跟著下車的人潮，就一定能走到出口。

我們穿過剪票口，爬上階梯，來到地面。

也許是安心了，阿里嘆了一口氣說：

「想想剛才，車廂裡人那麼多，光是那些看見我們，眼角瞥了一下，然後裝作一副若無其事的人，都讓人夠心驚膽戰的了。」

在歷經了老伯事件後，米克斯十分贊同阿里的說法，他低聲說道：「是啊，沒錯。」

我也有同感。

10

巨大的燈籠與耳畔傳來的聲音

走出地下鐵的出口，我們來到地面上。浮現在眼前的，是一條寬闊的大馬路。大馬路直走到底，就是我們的目的地淺草寺了。

為什麼我會知道呢？我曾經在《東京下町導覽》看過一張介紹淺草寺的照片，上頭有個紅色的巨大燈籠，寫著「雷門」兩個黑色大字。從這裡朝對面街道望去，就可以看見。

我們混雜在人群裡，穿過人行道，來到巨大的燈籠底下。人潮擁擠，如果不當心點，什麼時候被踢飛出去都不知道。

大燈籠從寺廟大門上方垂吊下來，左右兩邊各有著雷神和風神的雕像。米克斯抬頭看了看燈籠，問我：

「小魯，那上頭寫著什麼？」

「雷門。」

「雷門？你說的是那兩個斗大的字吧！那個我知道，這門很有名。可是我問的不是燈籠上的字，是燈籠底下的字。」

米克斯問的那個，是一家電器公司的名稱。穿過燈籠底下，反面寫的是這家電器公司創辦人的名字。我讀了讀文字後，告訴米克斯：

「這個名人還曾經出過個人傳記喔！」

這時，阿里驚奇的說：

「原來如此啊！傳記裡居然也會介紹電器公司的創辦人，不愧是小哥，好有學問喔！」

我並沒有要搞笑的意思，只是「傳記」和「電器」(注) 這兩個詞聽起來確實很像。

米克斯對於這個話題，好像並不在意，他只是微微的點點頭，然後嘆了一口氣說：

「這個人的名字我也聽過。這燈籠實在高得嚇人。世界上居然有電器公司的大老闆會捐贈這種東西……」

「你說『居然有』，是什麼意思？」我問米克斯。

阿里從旁邊插話說道：

「就是說啊，米哥，這實在是很奇怪。既然是做電器的，不是應該捐像是日光燈、探照燈之類的東西，或者是消耗一百萬瓦特電力、亮到嚇死人的燈具，不然至少也送個燈泡形狀的燈籠。」

我想像著一個巨大的燈泡燈籠垂吊下來的樣子，怎麼想都覺得奇怪。

而米克斯又重複剛剛的話，再次意味深長的說：

「世界上居然有電器公司的大老闆會捐贈這種東西……」

這時，人潮越來越多了，我們已經沒有辦法繼續站在原地談話。於是，我們朝著商店林立的廟宇街走去。

這裡什麼店都有：有賣仙貝、餅乾和饅頭等的食品店、傳統

金龍山
仲見

和服店、紀念品店、玩具店，甚至還有相機店，這已經不能叫廟宇街了，應該叫做商店街。

沿著這個近似商店街的長長街道一直走去，有個比剛剛那個還要大的門。走過這個門，迎面而來的就是淺草寺的正殿了。正殿的右手邊有棟販賣線香的建築物，有幾個女孩子正要走去買線香，旁邊還有一個超大的香爐，裡頭香煙裊裊。

阿里看見正殿立刻說：

「觀世音，不，觀音神就在那裡面。」

阿里剛說完，立刻聽到米克斯大聲吼著：

「有了、有了、有了，小魯你看、你看！」

我差點以為觀世音出現在這裡了呢！可是，米克斯嘴裡的

「有了」，並不是指觀世音，而是「鴿子」。正殿的左方，有幾十隻，不，或許應該說有上百隻鴿子。這一大群鴿子正在地面啄食著，他們邊走邊前後搖晃著脖子。

「走吧！小魯。」

正當米克斯朝鴿子聚集的地方走去時，我聽見從賣線香的建築物那裡傳來說話聲：

「啊，那隻貓，你們看！」

如果是東京腔，在這種人群雜沓的地方，我是不會注意到的。可是，這顯然和東京人會用的語言有點差別，這是我懷念的方言——岐阜的方言。

我立刻朝聲音的方向望去。剛剛那群買線香的女孩子映入我眼簾，她們每個人都手持一束點燃的線香。

下一秒鐘，我聽見其中一個人的說話聲，讓我不禁因驚嚇過度而呆住了。

「那隻貓好像理惠的貓喔！」

「是很像沒錯，可是我們家的小魯比較可愛！」回話的是女孩中個子最高的那個。

女孩們的對話，在我耳朵裡慢慢的迴蕩著。

「那・隻・貓・好・像・理・惠・的・貓・喔！」

「是・很・像・沒・錯，可・是・我・們・家・的・小・魯・比・較・可・愛。我——們——家——的——小——魯。我……們……家……的……小……魯……」

之後女孩們說了什麼，我已經聽不見了。與其說聽不見，不如說是聽不進耳朵裡。不過不管怎樣，可以確定的是，她們已經沒有在聊我的話題了。

為什麼我可以肯定呢？因為她們的目光已經不再朝向我。她們將線香插進大香爐後，就走上正殿的臺階。

我全身僵硬，動也不動的杵在原地。

米克斯擔心的看著我問：「小魯，怎麼了？你是不是看見什麼了？」

我沒有回答。

米克斯再次用稍微大一點的聲音問：

「小魯，怎麼了？你是不是看見什麼了？怎麼這種表情？」

他又再問我一遍，我費力的從喉嚨裡擠出兩個字：

「理惠……」

「什麼？」米克斯歪著頭納悶的問。

「理惠，我剛剛看見理惠了！」

這時，就像魔法被解除，我的身體可以動了。我立刻跑了起來，朝正殿的臺階奔去。

大約數秒，或者更長一點。短短的時間裡，正殿的人潮比我想像的還要多出許多，我被人類的腳包圍住了。

這裡是腳、那裡也是腳，到處都是腳。

黑色皮鞋、咖啡色皮鞋、綠色和白色的鞋後跟。

那些女孩，不，理惠穿什麼顏色的鞋子呢？

剛才我只瞄了一下子，並沒有什麼印象。

腳、腳、腳……

我就像奔跑在腳的森林裡。

女孩不只一個，總共有五個，所以應該一眼就可以發現。可是，現在映入眼簾的腳，都不是女孩的，而是男人或女人。

腳、腳、腳……

就這樣，我失去了

理惠的蹤影。

注：「傳記」和「電器」的日文讀音幾乎一樣。

11

船用保險櫃的抽屜和里哥

去淺草的那天遇到理惠之後，我究竟做了些什麼，我已經不記得了。只記得我們是在夜深時候步行回家。

遇見理惠後已經過了兩天，這天從早上就開始下雨。

我沒有回到日野先生家，一直待在神社地板下方。

早上，米克斯叼著一塊牛肉來找我。

「這是大魔頭給的，拿去

吃吧！」說完他放下牛肉，掉頭就走了。

有時，阿里也會跑過來對我說：

「我不是來監視您的！再怎麼說我也是貓質，一定要讓您看到我好好的待在這裡，沒有逃跑的樣子。」

我知道米克斯和阿里都很擔心我，但我一句話也不想說。

理惠為什麼會出現在那種地方呢？這是我的第一個疑惑。

我來東京的時候，理惠已經是小學五年級的學生了，現在應該已經七年級了吧！可是就算是七年級生，也還不到畢業旅行的時候啊！那到底是為什麼呢……

其實仔細想想，這件事一點也不重要，或許她只是和朋友到東京來旅行。

可是，那天不是星期天啊，怎麼會呢？

我又想，會不會是什麼紀念日？還是學校放假？

她是當天來回嗎？還是晚上寄宿在哪裡呢？這些無關緊要的問題不斷在我腦中盤旋。

不過，我會一直想著這個問題，或許是我打從心底不願意去想另一件更重要的事，就是理惠說的那句話：

「是很像沒錯，可是我們家的小魯比較可愛！」

從昨晚開始，我一直想著這句話。

對理惠來說，我已經不是那個「我們家的小魯」了。之前，我曾經回岐阜一次，看到理惠家有一隻黑色小貓，是比我晚出生，和我同一個媽媽的「弟弟」。

我在意的並不是我跟弟弟哪一個比較可愛。

那麼，問題究竟出在哪裡呢？

就是當理惠說「很像沒錯，可是我們家的小魯比較可愛」這句話的時候，是將「我們家的小魯」與誰相較，而那個「誰」，不用說，就是我自己！可是，對理惠來說，那天的我不但不是「我們家的小魯」，而且是一隻和她八竿子也打不著的黑貓！

總之，理惠是百分之百沒發現到我就是我！也許她壓根就不認為，我就是之前她養的那隻小魯。

和這件事比起來，理惠為什麼在這種時候出現在東京的問題，根本就無關緊要。

當我思索著理惠出現在東京的理由時，一個念頭曾經閃過我腦海——她會不會搬家了呢？不過，不可能是一群人一起搬家吧！雖說如此，但我總認為會在某個地方再次遇見理惠。

自從我上次回岐阜，看見家裡那隻新的小魯後，我就已經決定放棄岐阜，選擇留在東京。可是，我心裡還是期待能再和理惠見面。我真是打從心底討厭這樣猶豫不決的自己。

不過，還有令人更、更、更討厭的事。

就算我選擇的是東京、可多樂、米克斯還有大魔頭，而不是岐阜和理惠，但我絕對忘不了岐阜和理惠，而且，我想我會一輩子惦記在心裡頭。

那天我只看到站在賣線香建築物前的五個女孩，直到理惠說了那句「是很像沒錯，可是我們家的小魯比較可愛」，我才驚覺到那是理惠。

這是怎麼一回事呢？即使看見了，卻認不出來！

明明告訴自己要將過去放在心中不再去想，可是親眼見到時，卻還是無法忘懷。

我真是對自己厭煩透了。

之前，米克斯曾經對一個自己不認得，但對方卻熱情的用大鬍子磨蹭他的男人，感到厭惡不已。

米克斯之所以不認得那個男人，是因為之前見面時他的年紀還小。而大鬍子男人會記得米克斯，則是因為彼此認識的地點是在五金行。如果當初不是在五金行相遇，而是個完全不同的地方，或許大鬍子男人也不會認出那是米克斯了。

可是，這一點也無法安慰我。

因為重點不是大鬍子男人和米克斯，而是我和理惠。如果硬找一個說得過去的理由來解釋這件事的話，那就是現在七年級的理惠，和當年只有五年級的理惠已經有很大的差別。不管是身材還是臉蛋，都已經幾乎快要是大人的模樣了。除了外形改變，連聲音也像是成人了。

那麼從此以後，每當我想起理惠時，出現在腦海裡的，應該是五年級的理惠，還是前天那個手持線香的理惠呢？

就這樣，我陷入了猶豫不決的長思中。

夕陽西下了，米克斯再度來到我面前。

「怎麼？大魔頭給的肉還沒吃嗎？」米克斯看了看擱在一旁

的牛肉，關心的問。

「抱歉……」我抬起頭，嘴巴喃喃說著。

「既然覺得不好意思，那就多少吃一口吧！」他把牛肉啣到我的面前。

「喏，快吃吧！」

「我不太想吃……」我一邊說，一邊閉上眼睛。這時，我的頭突然被揍了一拳。

「不要再這樣磨磨蹭蹭了！」

當我睜開眼睛，出現了米克斯盛怒的臉龐。

「不管怎樣，你給我好好起來，把肉給吃了！」

「知道了啦，你也用不著動手吧……」我一邊嘀咕，一邊坐起身子，把肉放進嘴裡。

照理說，在這種氣氛下，即使是吃著牛肉，應該也不會覺得美味才對，可是此時我卻覺得這牛肉還真好吃。也許是因為從前天開始，都沒有吃半點東西的緣故吧！

我雖然有點討厭此時此刻還覺得牛肉好吃的自己，但我依然用爪子和嘴巴把肉撕碎，全部吃光了。可是，就在吃完這唯一的

一塊肉之後，肚子卻反而餓了起來。

看我用舌頭舔著嘴邊的餘味，米克斯說話了。

「沒錯，你這個樣子就對了。理惠又不是死了，而且，雖然很短暫，你不也和她重逢了嗎？這樣不是很好嗎？」

這時，我看見一張從外面窺探神社地板下方的臉。是阿里。

「就是說啊！您能遇見理惠，也是神明的指引啦！」

原來阿里跟著米克斯一起來了，他也鑽進神社地板下方。

「嗯，我說小哥，您也該回日野先生家了吧！那個幫傭婆婆老是叨唸著您，說不只虎大、連小哥也沒回來，很擔心您呢！」

雖然要不要這樣磨磨蹭蹭下去是我的自由，但我也知道這樣讓大家太過擔心實在不好。

於是我說：「嗯，知道了。」

就在那一瞬間，我腦海中掠過了一樣東西。

為什麼這樣東西會浮現在腦海裡呢？我不知道。那個東西就是河堤鐵軌橋下的「船用保險櫃」。阿里說那是人類用來分裝小物件的櫃子。

難道我的心就像那個櫃子嗎？

不知道為什麼，總覺得就是那樣。

我一定是把理惠鎖在我心裡那個小小的抽屜裡了，偶爾因為懷念而想起理惠。只是，現實裡的理惠已經慢慢的成長，和抽屜裡的理惠完全不同了。我就把在淺草見到的理惠，放在另外的抽屜裡吧！一個和五年級的理惠完全不同的抽屜。

我再次把理惠重新放進心裡的船用保險櫃。

可是，即使如此，對於沒能一眼就認出理惠這件事，我還是無法釋懷。不管了，就把這個問題原封不動的放進抽屜吧！一直想這想那的，只會讓米克斯、大魔頭，還有阿里擔心而已。

我從神社地板下面爬出來，米克斯和阿里也跟著出來。

我往日野先生家的方向走，米

克斯和我並肩走著，阿里則隔了一點距離跟著。

「小魯，你是不是跟阿里胡扯什麼在岐阜，稱呼偉大的人都要縮短名字？」米克斯小聲的問道，我點了點頭。

「你幹麼要這樣胡說八道？」

「他原本要叫我『小魯大哥』，如果這樣，還不如叫『小哥』來得好吧！」

「你被叫『小哥』還挺不錯的，哪像我被叫『米哥』，『米哥』耶！」

「瞧你說成這樣，其實你很喜歡米哥這個名字對吧？」

「哎呀，就隨便他啦！」

我們兩個小聲的交頭接耳，一副神祕兮兮的樣子。背後傳來阿里的聲音：

「你們兩個窸窸窣窣的在說什麼啊？米哥。」

「你看，他又那樣叫我了，我看你就老實說了吧！那傢伙再怎麼說也是我們的朋友呀！」米克斯停下腳步朝阿里看去。

「沒什麼，我們沒有在窸窸窣窣什麼，里哥。」

「里哥？你叫我『里哥』？哎呀，太害臊了，人家還沒有資格被叫『里哥』啦！」

阿里笑盈盈的說著，小跑步趕上我們。

事情演變成這樣，不是更難說出實情了嗎？

不過，還是應該要向阿里說實話，打從我們三個一起搭電車前往淺草開始，阿里就不再是我們的貓質，就像米克斯說的，他和我還有米克斯已經是朋友了。

當我抬頭時，發現雨不知道什麼時候已經停了，西邊的天空染上了一整片夕陽紅。

12

淺草的歸途和水泥牆上的小雪

對了，想知道我們是怎麼從淺草寺回來的嗎？關於這件事，我只能模糊的說個大概。

老實說，我根本記不得，都是後來聽米克斯說的。總之，那時的我滿腦子都是理惠，只記得我在淺草寺裡東奔西跑，除此之外，我什麼印象也沒有。

那時候，我眼睛充滿血絲的在寺廟裡胡亂奔跑，好幾次

米克斯和阿里都失去了我的蹤跡。對了，關於「眼睛充滿血絲」這句話，是米克斯說的，至於那究竟是一個什麼樣的狀況，我根本不知道。

話說回來，不只跳躍是我的強項，我對跑步也很在行，這個我很有自信。

「在那種地方還跑那麼快，也該顧慮一下我們吧！託你的福，有好幾次我們都跟丟了。好不容易才在寺廟的販賣部找到你，那時候太陽

都下山了。你看起來一副垂頭喪氣、眼神呆滯的樣子。」

米克斯描述了當時的狀況。

夕陽西下，整個商店街的商店一間間的打烊，人潮也漸漸散去，米克斯對阿里說：「看小魯現在這副模樣，我們是不能搭電車回去了，搞不好中途會像來的時候一樣，出什麼狀況。」

阿里說：「您說得有道理。那我們就用走的回去吧！電車是由東往西行駛的，只要往東走，一定能到家的。」

雖然不知道用走的要花多少時間，但他們還是決定走回家。

米克斯打頭陣，我像夾心餅乾一樣走在中間，阿里則殿後。

米克斯說我們中途經過了好幾座橋。看看地圖就知道，我們住的地方和淺草寺中間隔了好幾條河川，有隅田川、荒川、中川等。幸運的是，中途過河時，看見了和來時同樣顏色的電車經過鐵軌橋。米克斯和阿里選擇了沿著鐵軌的路線走，好不容易才回到家。

「看著電車轟隆轟隆的走著，感覺速度飛快，但其實不是那麼一回事。搭電車都要花那麼久的時間了，更何況是走路回家，至少要花個三、四天。而且沒想到我不但沒有抓到鴿子，反而還學鴿子那樣回來，真是敗給自己了！」米克斯邊笑邊說。

所謂學鴿子那樣回來，當然不是指像鴿子一樣頭一伸一縮的走路，而是學「傳信鴿」的意思。因為傳信鴿不論去了多遠的地方，最終都能找到回巢的路。

等米克斯離開後，阿里和我提到鴿子的話題。

「小哥遇見以前的主人，然後又跟丟了，雖然這對您來說很遺憾，但對米哥來說卻可能是因禍得福啊！因為追著您到處跑，壓根沒時間抓鴿子。這樣就不會被觀世音，喔，不，是被觀音神懲罰了。」

他繼續喃喃自語著：「所有事冥冥中都有神明的指引……」

不管怎麼說，經過這次的淺草事件，我和阿里的情誼比之前更加緊密了。於是，我把我是如何從岐阜來到東京，以及之後所發生的事，全都告訴了阿里。

就這樣經過了一天又一天，不知不覺中，我已經從震驚的狀態中慢慢復原。然而，我又想起已經出發去市川十天的可多樂，仍舊還沒有回來。

這天的天氣晴朗無雲，我從神社回到日野先生家。有天早晨，我從日野先生家出來，朝商店街走去。這陣子，總是讓米克斯出來找我，我很少在商店街露面，我想我偶爾也該去看看他。

阿里到大魔頭家去玩了。

阿里和大魔頭出人意料的契合。有時當我疑惑著遍尋不著阿里的蹤跡時，就聽見隔壁庭院傳來阿里和大魔頭的笑聲。

我走向五金行，發現鐵捲門拉下來了！

咦，今天沒營業嗎？我一邊想，一邊繞到店後面。

通常米克斯要是在家的話，他會待在二樓，看著窗外。可是我抬頭看著二樓窗戶，卻只看見白色窗簾。

「米克斯！」我叫著，沒有半點回應。

「喂，米克斯，你在嗎？」我又喊了一次。還是沒有消息。

我又試了這個叫法：

「米哥！」

還是沒有回音。看來不只米克斯，就連他的主人以及其他家人都不在。

「怎麼搞的，都不在家……」我暗自嘀咕著，正打算回家。

就在這個時候，我突然靈光一閃……米克斯會不會到獸醫院去了呢？當然不是因為生了什麼病，我想他應該是去見小雪了。

去找一個正在和女友見面的朋友，不是一隻有教養的貓該有的行為。可是，我真的很擔心，因為米克斯家的五金行很少會關門休息。

會不會發生什麼事了呢？

我心裡有不好的預感。這就是所謂的「動物第六感」吧！

我來到獸醫院附近，看見小雪正坐在水泥磚牆上，那個她一直以來坐著的老位置。每隻貓咪大抵都有一個自己喜歡的位置。以我來說，我偏好的位置是神社香油錢箱前的階梯。

我走到磚牆下，呼喚小雪。

「嘿！」

「嗨！」她回答，並問我：「你是魯道夫嗎？」

通常可多樂、米克斯、大魔頭都叫我「小魯」，阿里叫我「小哥」，已經很久沒有聽到「魯道夫」這麼正式的稱呼了。

「嗯，你是小雪對吧！」我說。

小雪輕輕的點了頭，接著對我說：「你上來吧！」

我之前說過了，我很會跳躍，甚至連人類身高那樣高的磚牆，我都不必助跑，就能一躍而上。

我來到磚牆的正下方，如果光是彎腰，然後一下子用力往上跳，是行不通的。於是我伸出前腳，用爪子勾住牆壁，一口氣跳上去。

跳上牆後，我坐到小雪旁邊。她對我說：「你對跳躍這件事，真的很在行。」接著解釋：「米克斯之前有跟我說過。」

聽她提到米克斯，我立刻追問：「說到米克斯，你知道他去哪裡了嗎？我剛去五金行找他，沒找到耶！」

「他應該是去哪裡吃早餐了吧？」

我不太明白小雪的意思。米克斯是五金行的寵物貓，理當在五金行裡吃早餐不是嗎？怎麼會說去哪裡吃早餐，這不是很奇怪嗎？當然，他偶爾會到日野先生家吃貓餅乾，可是今天沒有。

「你是說吃早餐嗎？」我歪著頭納悶的問。

「是啊！」小雪一副理所當然口吻。

「為什麼？」

「你說『為什麼』？你也要吃早餐對吧？米克斯當然也要啊！難不成你以為米克斯不吃早餐嗎？」

這個女生說話的口氣還真傲慢啊……我一邊想一邊喃喃說著：「我不是這個意思……」

啾啾啾……啾啾啾……

電線桿上的麻雀啾啾叫著。

米克斯不在，這也沒辦法。

正當我起身準備離開，小雪叫住我：「難道你不知道嗎？」

我再度坐下來，看著她的臉問：「不知道什麼？」

「關於五金行的事啊！」

「五金行？你說米克斯家嗎？」

「是啊！」

「我剛去看，店是關著的。」

「是啊，他們關店了。」

「關店？可是現在還沒中午耶！」

「不是那個關店，是歇業！」

「歇業？那是什麼意思？」

「歇業就是歇業啊！米克斯家的五金行已經倒閉了。」

「你說倒閉是……」

「簡單來說就是破產啦！五金行一家三天前就搬去茨城了。」

「這不可能啊！我昨天才見到米克斯的啊！」

正當我不明所以的時候，下面傳來一個聲音。

「小魯，『朋友妻，不可戲』你不知道嗎？這樣是會破壞朋友的交情喔！」

是米克斯！米克斯抬頭對我笑著說。

為了證實小雪剛剛說的話，我向米克斯求證。

「喂，米克斯，你家的五金行是不是……」

這時，米克斯看著小雪說：

「你都告訴小魯了嗎？」

這句話間接證實了那件事……

「怎麼？不能說嗎？你連我都說了，我還以為你早就告訴魯道夫了呢！」

小雪的語氣聽起來很不高興，米克斯回道：「唉，算了，遲早都要說的。」

他轉身面對我，開口說：「小魯，要不要去那邊散散步？天氣很好呢！到江戶川堤去走走怎麼樣？」

「再見！」我向小雪簡短的道別後，就跳下了牆。

13

流浪貓還是寵物貓？

從江戶川堤往東邊看過去，太陽在河面反射出粼粼波光。河川對面是一座綠色山丘，山丘對面就是可多樂去的地方。

在我們走到江戶川堤以前，米克斯一句話也沒說，我也保持著沉默。我們來到江戶川堤，坐在鐵軌橋下陽光晒不到的草坪上。

這時，米克斯開口了。

「從很早以前就不好了。」

對於米克斯的話，我不知道該說些什麼，只好繼續保持沉默。米克斯接著說：

「最近不是到處都有像超市那樣的五金賣場嗎？就是那種叫『居家修繕中心』的店。雖然我沒去過，但聽說那裡賣的東西比我們家的五金行多很多。不僅東西多，價錢也便宜，還有大型的停車場，雖然地段偏遠，還是有很多人去光顧。所以像我們家這種傳統的五金行，就漸漸的門可羅雀了……」

米克斯話說到這裡便停下來，我覺得我應該說些什麼安慰他，但卻只能迸出：「這樣啊……」

這時，從某處傳來雲雀的叫聲。

米克斯久久沒有再開口，於是我問：

「然後呢？」

「然後？然後就倒閉啦！銀行的人來家裡對我家主人說：『趁著還沒有到造成致命傷的地步，把生意結束了吧！』我家主人考慮了很久，最後決定照銀行說的做。在生意結束的前十天，我家主人的口頭禪就變成：『趁著還沒有到造成致命傷的地步』。」

所謂的致命傷，就是足以讓一個人結束生命的傷害。究竟為什麼做生意會威脅到生命呢？我實在不了解。

「他說的致命傷是指什麼？」

「以做生意來比喻，就是欠的錢比擁有的財產多，負債已經大到無法承受的地步。就算是把家裡的房子、土地全賣了，也還不出向銀行借的錢，就連賺錢還債的能力也沒有。」

對於這種只有人類才會有的借貸行為，我們貓咪是很難理解的。不過，對於米克斯的主人為了「不到造成致命傷的地步」而結束生意這件事，我大概能夠理解。

「那他們全家以後要怎麼辦呢？」我問。

「他們回茨城的老家了。我家主人的叔叔年紀很大了，好像在茨城經營一座很大的農場。之前我不是跟你提過有個大鬍子男嗎？原來他就是叔叔的長子，也就是我家主人的堂哥，那次他就是來和我家主人談搬家的事。」

「那米克斯你呢？你怎麼辦？」

「什麼怎麼辦？」

「你不一起去茨城嗎？」我一邊問，心一邊撲通撲通的跳。米克斯該不會也要一起去茨城吧……

沒想到米克斯一副理所當然的回答：

「不去啊！如果我去了，就不會出現在這裡了呀！早就跟著一道搬去茨城了。」

「五金行老闆沒說要帶你去嗎？」

「不是這樣的……」米克斯搖搖頭。

「雖然店一定得關，但他們沒有喪氣到連我都要放棄。他們為了我還特地花錢訂購一個可以裝得下我的籠子，要把我一起帶走。對於他們的心意，我是很感激的，更何況他們已經照顧我這麼久了。所以，在他們要把我裝進去時，我一邊掙扎著不肯就範，一邊心裡覺得很抱歉。」

「你逃跑的時候，主人沒有追出來嗎？」

「有啊！他要追出來的時候，被太太阻止了。她說：『貓咪是不跟隨人，而是跟隨房子的。他不想去，你硬要他去的話，他會很可憐的。』」

「嗯……」

我不由得要說，這完全是人類的偏見！撇開我和理惠的事不談，光是看可多樂和日野先生的關係就知道了。

「可是，那完全是謊言。」米克斯滴下淚來。

「沒錯！」

「我不是說『貓咪是不跟隨人，而是跟隨房子的』這句話不對，而是太太阻止主人的真正理由不是因為這個，是她壓根不想帶我一起去。應該說，是不能帶我一起去。」

「這是為什麼呢？」

「他們搬去茨城，並不是要住在叔叔的農場，而是要住在公寓裡。住公寓是不能養貓的。」

「可是，既然那樣，為什麼又要為了你準備籠子呢？」

「我家主人就是那樣的一個男

人，他認為只要把我帶到茨城去，事情一定有辦法解決。他就是那種個性，生意才會失敗。老是以為一定有辦法解決，結果還不是什麼事都做不成。」

這時，我想起了那時在雷門看著大燈籠的米克斯。

「世界上居然有電器公司的大老闆會捐贈這種東西……」

當時，米克斯曾經這麼說。他說話的時候，心裡應該是想著他家主人吧！

「原來如此啊……」我不由得喃喃自語起來。

米克斯接著說：「不過，我不希望你誤會。我不去，並不是因為考慮到主人的問題。就算是給我住有庭院的大豪宅，我也不會去的。因為我喜歡你、虎哥和大魔頭，也不討厭蕎麥麵店的那隻三毛貓。我喜歡這個地方。雖然被人類豢養確實很輕鬆，但那樣就非得配合人類生活不可。我已經厭倦了那種生活。」

「所以，你的意思是，你不當寵物貓了？」

「是的，沒錯。但話說回來，我也不會是流浪貓。」

米克斯站到我的正前方，繼續說道：

「小魯，雖然你很堅持貓有寵物貓和流浪貓的身分差別，但我覺得你的想法很奇怪。」

「什麼很奇怪？」

「你一定認為貓如果不是寵物貓就是流浪貓，如果兩者都不是，就是像你一樣的半寵物半流浪貓對吧？」

「嗯，沒錯。所以呢？」

「我覺得這樣的想法是不對的。我既不是寵物貓，也不是流浪貓，我就是貓。」

「我就是貓……」我在嘴裡喃喃重複著這句話。這句話——不對，是類似的話——我似乎在哪裡看過。

啊，對了，是可多樂看的那本英語繪本。上頭有句英文，翻譯後的意思是「我是男孩」。

我想起了那本書，於是我對米克斯說：

「米克斯你本來就是一隻貓，這不用說也知道啊！」

「這種不用說的事，才是真正的重要。」

「真正的重要？我不明白。」

「我的主人曾經是五金行老闆，可是生意結束後，他還是一個『人』，這是一輩子都無法改變的事實。」

「是這樣沒錯……」

「我在這個月裡，突然想通了很多事。就像阿里喊我『米哥』，剛開始我也覺得無法接受。可是後來仔細想想，無論阿里叫我『米克斯』或者叫我『米哥』，我就是我啊！我就是我，而且我就是一隻貓，這個事實永遠不會改變，也是最重要的。不管是寵物貓還是流浪貓，都好。」

「這樣啊……不管是寵物貓還是流浪貓，都好……」

「幹麼一副恍然大悟的樣子？你之前不是早就領悟到這一點了嗎？」

「可是我並沒有特別的感覺。」

「你早就領悟到了！」米克斯斬釘截鐵的說。

「就是因為你早就領悟到了，你才能夠自在的在神社裡睡覺，也能寄宿在日野先生家。我就是因為看到你的生存態度，才學到這個道理的。」

「我並沒有做什麼值得讓你學習的事情。」

「不，你的確做了值得我學習的事情。那我問你，你睡在神社的時候難道會想：『今晚我是流浪貓』；到日野先生家時又想：『現在開始我就是寵物貓』，你會像這樣每天改變想法嗎？」

「我沒有啊……」

「你看吧！不管是寵物貓還是流浪貓，你都覺得無所謂。你不只喜歡可多樂，也喜歡日野先生和幫傭婆婆，而且每天還有食

物可以吃，所以你才會去日野先生家。可是你也喜歡去神社，因為你覺得獨處的時候，自在又愉快。你喜歡香油錢箱前面的階梯，並不是因為你是流浪貓，而是因為你就是你，而你喜歡那裡。不論別人叫你魯道夫、小哥或小黑，你都不在意，因為你就是你。不論你叫什麼，你就是你。你非常了解你不是你以外的任何一隻貓。」

米克斯滔滔不絕的說著，我聽得都糊塗了。

我就是我，我不是我以外的任何一隻貓……這一點我的確很清楚，但這又代表什麼意思呢？

「我的確是這樣想，可是，這不是理所當然的嗎？」

我話一說完，米克斯立刻附和：

「沒錯，就是這樣。有時明明是理所當然的一件事，卻沒人發現這個道理。我不是寵物貓，也不是流浪貓，我就是貓！」

不管我是睡在神社裡，或是寄宿在日野先生家，都是我的自由意志。可是，這樣的我，究竟該被歸類為寵物貓、流浪貓還是半寵物半流浪貓？做這種定義的不是我自己，而是人類或者其他動物。所以，不管是寵物貓還是流浪貓，對我來說都不重要，重要的是：我就是我。

雖然不是百分之百明白，但我想米克斯說的大概就是這個意思吧！

我們抬頭仰望天空，沉默了半晌。

不久，米克斯開口說：

「最近我一直煩惱很多事，動不動就亂發脾氣，遷怒到你身上，真是對不起了，小魯。」

「這沒什麼啦！」我說。

這時，遠方又傳來雲雀的聲音。

14

鴿子的測試和神社地板下睡覺的我

從江戶川堤回來的路上，米克斯突然想起了什麼。

「對了對了，那個鴿子啊！終於給我弄到手了！」

我驚訝的停下腳步問他：「你說弄到手？是抓到，然後吃掉了？」

米克斯也停下腳步，笑著說：「只是抓到而已，我原本想要勒住鴿子的脖子，等他快窒息的時候，再一口咬住脖子，不過後來放棄了。我一鬆開，他就啪嗒啪嗒的飛走了。」

「嗯，所以到了最後，你還是沒吃啊！為什麼呢？」

「肚子不餓是一個原因，最重要的是，總算給我抓到了，這就夠啦！」

「為什麼不吃呢？」

「你問為什麼啊……」

米克斯邁出步伐，我也跟著走在他旁邊。

「老實說，小魯，我抓鴿子並不是為了吃。當我家主人決定要搬家的時候，我想了很多。雖然我不想再當一隻寵物貓了，但其實我沒什麼信心。我正在苦惱的時候，剛好看到窗外有鴿子在天上飛，於是我就決定了。」

「你決定不當寵物貓，要當一隻鴿子？」我問。

「什麼！」米克斯大叫一聲，停下腳步。

「開玩笑的啦！」

我一邊走，一邊說，米克斯隨即跟上前來。

「你說得不像是在開玩笑，聽起來像是認真的。」

「是嗎？」

「嗯。」

「所以，你究竟做了什麼決定？」

「我要給自己一個測試。」

「測試？」

「沒錯，測試。如果在五金行一家搬家之前，我能抓到鴿子，那我就放棄當一隻寵物貓。」

「所以你才會對抓鴿子這件事那麼執著？」

「沒錯！」

「可是，萬一你學不會抓鴿子，你打算怎麼辦？要跟著五金行一家搬到茨城去嗎？」

我看著米克斯，他搖搖頭說：

「不，就算真是那樣，我還是不會去茨城。」

「那這個測試就沒有意義啦！」

「自己給自己的測試就是這麼一回事。」

「是這樣嗎？」

「就是這樣！」

「話說回來，你是在哪裡抓到鴿子的？」

「那邊。」米克斯說。

他看過去的方向，正是小學的門口。

「小學操場？」

「對，你不是經常在那裡抓麻雀嗎？所以我想那裡也許會有鴿子。運氣還不錯，真的給我遇上了。」

「你是怎麼抓到的？」

「那是祕密。可是，如果要我再抓一次，我可就沒有自信能抓到了。」

「這樣啊！」

我們邊走邊聊，走到小學前面時，米克斯再次停下腳步。

「就到這裡吧，我還有事要忙。」

「有事？什麼事？」我也停下腳步。

「我要去抓麻雀。」

「那我也一起去。」

「你還是別跟來吧！唉，老實說，我不想讓你看啦！等我抓鳥技術夠好的時候，我們再一起去吧！要和你這種抓鳥達人比，我還要加把勁哩！」

米克斯說完，便走進了操場。

小學好像還沒有放學，一些像是小學一、二年級的孩子，正在操場的角落做體操，米克斯往這些孩子的對面角落走去。我在他身後叫道：

「米克斯！如果肚子餓的話，就來日野先生家吧！那裡一直會有食物的。你來的話，日野先生、幫傭婆婆還有可多樂，都會很歡迎你的！」

米克斯回頭，嘴巴似乎喃喃說著什麼，因為聲音太小，所以我聽不見。

那天夜裡，夜空晴朗。我在神社的地板下面睡著了。

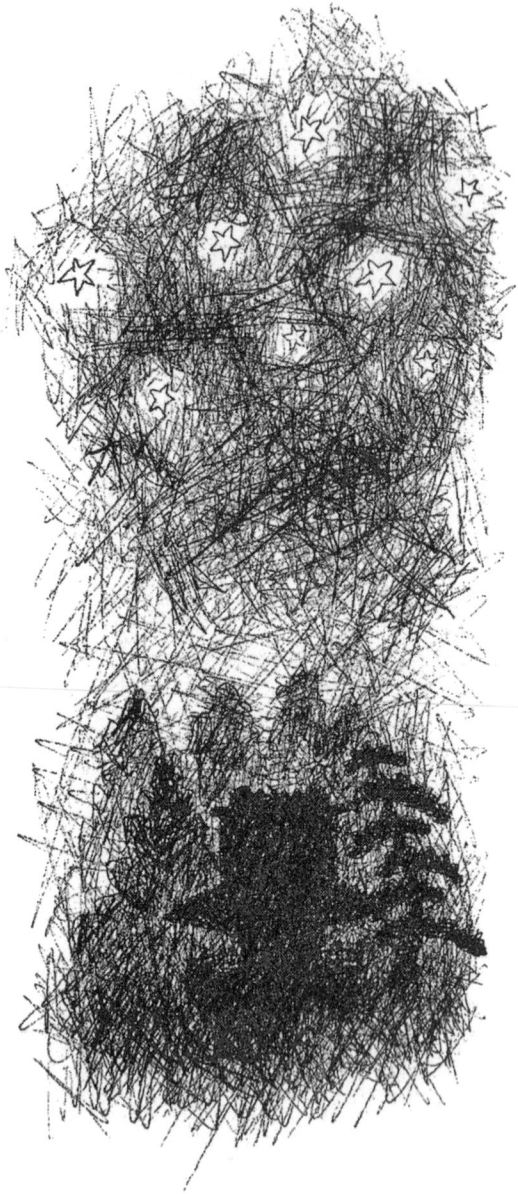

15

前來的恰克和枕頭上的睡眠姿勢

已經五月下旬了，可多樂依然無消無息。某個晴朗的早晨，我和阿里正在神社香油錢箱前的階梯上打盹時，前方出現了恰克的身影。

阿里看見恰克從神社入口朝這邊走來，立刻起身大叫：

「啊！是恰克哥！」

阿里朝他跑去，我也坐起身來。

難道是可多樂發生了什麼

事嗎？我心中立即閃過這個念頭。

可是，看恰克和阿里談話的模樣，並不像是有什麼壞消息。

恰克和阿里並肩走到我身邊，恰克開口說：

「好久不見了！小魯大哥。」

「你為什麼自己來？可多樂，不，虎哥呢？」

「嗯，我就是前來向您報告這件事的……」恰克回答。

自從可多樂前往市川，就和恰克以及附近的貓族們，四處尋找惡霸狗的蹤跡。而普拉多和臘腸狗阿丹從獸醫院出院後，普拉多也加入搜索惡霸狗的行動。可是不管怎麼找，始終沒有那傢伙的下落。

後來，有一隻貓咪說他看見一隻像是惡霸的狗，朝船橋的方向走去。如果惡霸狗真的往船橋去，市川就可以暫時脫離威脅，可是恰克認為，這樣並不能解決問題。不管怎麼樣，一定得逮到那個攻擊普拉多和阿丹的傢伙，而且普拉多也決心非復仇不可。

船橋和東京是相反方向，所以，我們住的街道算是在安全範圍內。若果真如此，那麼可多樂繼續留在市川的意義就不大了。可多樂會去市川，是為了在惡霸狗入侵東京之前，在河對岸先阻止他，但即使現在暫時解除警報，以可多樂的個性，他也不可能拍拍屁股就走。

「無論他去船橋或是逃到舊金山，只要那傢伙一直在外四處徘徊，對其他想要好好過日子的貓狗來說，終究無法高枕無憂。如果他認為他可以逃過本大爺——也就是『天下第一』虎哥老大

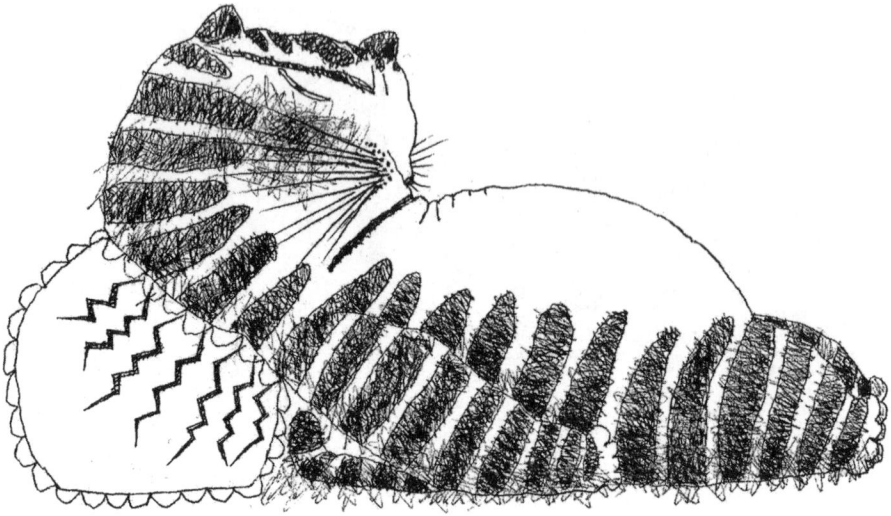

的追捕，那他就儘管逃吧！不管怎樣，我一定會追他到天涯海角。」

恰克轉述了可多樂的話。雖然或許不是百分之百原話，但我想大概和可多樂的意思相去不遠。會提到「舊金山」，確實符合喜愛美國的可多樂調調。可是對於「高枕無憂」這句話，究竟是不是可多樂說的，我很懷疑。為什麼我會懷疑呢？雖然不是很重要，但可多樂曾經對我說：

「你聽我說，小魯。人類時常做出許多令人費解的事。就拿睡枕頭這件事來說吧，基本上枕頭是個好東西，睡在軟綿綿的枕頭上，能夠睡得很舒服。可奇怪的是，人類只把頭枕在上面，這樣睡的時候，脖子的姿勢就會變得很奇怪，他們起床的時候難道背脊不痛嗎？」

當然啦，「高枕無憂」應該是代表睡得舒服的意思，可是，人類把枕頭墊高了，就能睡得舒適嗎？這就未必了吧！

恰克陳述完可多樂的話以後，又說：

「總之，就是因為這個原因，虎哥老大和普拉多大哥就這樣一起朝船橋出發去了。而我現在也要立刻回去，趕上虎哥老大和我大哥。」

「可是，你特地來這裡一趟，好歹也到日野先生家吃吃貓罐頭再走吧！」我建議說。

恰克卻婉拒我。

「非常感謝您的邀請，可是現在已經沒有太多時間了，我還是先告辭吧！貓質阿里就麻煩您多多照顧了，小魯大哥。」

恰克話一說完，掉頭就走。

我和阿里站在神社入口目送他離去。

直到恰克的身影消失在我們眼前，阿里才不好意思的問：

「小哥，我是不是有點太胖了呢？」

我看了看阿里。

「喔，這該怎麼說呢，我看不出來……」

「是恰克哥剛剛說的，他說我太胖了，而且毛色也變漂亮了。都是因為日野先生家的貓食太高級，不知不覺就吃太多了。還有那個幫傭婆婆，她每次一看見我，就抓我過去梳毛，我實在不太喜歡那個叫做梳子的東西。可是婆婆這麼照顧我，我也不好意思拒絕她的好意。如果要說我的毛色變漂亮了，那都得怪那把梳子……」

阿里這傢伙，他的兩個哥哥正為了尋找惡霸狗的蹤影四處奔波，而他卻只在乎自己變胖、毛變漂亮的問題。

「可是，里哥，如果你在這裡的期間變瘦了，或者毛色變差了，那我才會沒臉見你的哥哥們呢！我想，恰克看見你變胖、毛色變漂亮，應該會很安心吧！」我說。

「好像是這樣沒錯……」阿里喃喃的說，然後話鋒一轉：「對了，說到這個，米哥最近相貌不同了喔！身材也變苗條很多。不是瘦了，而是肌肉變得緊實了！」

這時我突然大叫一聲：「啊！」

阿里嚇了一大跳，眼睛睜得老大：

「怎麼了嗎？為什麼突然大叫？」

「我忘了說米克斯的事，應該要請恰克轉達米克斯已經不是寵物貓這件事才對。」

關於米克斯的事，阿里已經從米克斯自己的口中得知了。

「就這件事嗎？我覺得還是不要說比較好。如果說出來，虎哥老大，不，是虎大恐怕會很擔心，有些事不說可能好一點。」

聽阿里這麼一說，我也覺得有理。

現在要做的，就是把可多樂往船橋去的消息，告訴米克斯和大魔頭。

「喂，里哥，我要去一下日野先生家。這些事大魔頭還不知道，或許米克斯現在會在大魔頭家。麻煩你留守在這裡，我不在的時候，如果米克斯來了，就請你把剛剛的消息告訴他。」

說完，我便獨自往日野先生家走去。

就在我離開神社，走在住宅區狹窄的路上時，我看見一個咖啡色的東西從前面走來。

那個東西不是貓，比貓來得大多了，就連可多樂也沒有這麼龐大。

那是狗……

而且腿非常修長！

在我們這條街上，很少會看見沒有主人帶著的狗獨自遛達。

我本能的停下腳步。

那隻狗朝著我的方向走來。

他低著頭走著，下顎差一點就要貼到地面了。

他不像是在散步，倒像是在尋找什麼東西。

這時，他猛的一抬頭，和我

四目相接。

他停下腳步，不一會兒，邁開了步伐朝我這邊走來。

我左右看了看地勢，右邊是水泥牆，左邊是鐵欄杆，欄杆的另一側是一個庭院。

如果那隻狗襲擊我的話……

我是要朝來的方向逃走？翻過右邊的水泥牆？還是從鐵欄杆的縫隙鑽進庭院裡呢？

我立刻選擇了第二條路。因為如果我向後逃跑，那隻狗肯定會追上來。而鐵欄杆的高度太低，他一跳就可以跳過來。

我屏氣凝神，讓身體靠近水泥牆，擺好跳躍姿勢。

狗越來越逼近了。

撲通、撲通、撲通……

我心跳加速，連自己都可以聽得見。

在這狹窄的街道上，那隻狗沿著鐵欄杆向我正面走來。

如果狀況不對，我就立刻跳上磚牆。可是他壓根兒沒有看我一眼，只是筆直的往前走著。

又更接近了，如果那隻狗現在向我襲來，我已經來不及逃了。恐怕在我跳上牆之前，就被吞下肚了吧！可是，那隻狗似乎無視我的存在，若無其事的從我身旁經過。

如果是平常沒運動的狗，走路時長長的爪子會刮到水泥地面，發出喀嚓、喀嚓的聲音。

但這隻狗走路時就像貓咪一樣靜悄悄。

我目送著他的背影，他連一次也沒有回頭。

「啊……」我小聲的叫出來。

如果他一直往前走，應該會走到神社吧！

阿里還在神社裡！

雖然那隻狗沒對我做出什麼事，但如果對象換成阿里，那可就不一定了。而且，就算對方對阿里視而不見，也不保證阿里不會主動出擊。

那隻狗身材短胖，但卻有著修長的腿，非常不相稱。重點是，我一看到那張臉我就知道他是誰了。

那隻長腳鬥牛犬就是長得像他那個樣子。

這附近的惡霸狗本來就不多，況且，像這種身形的惡霸狗沒理由到處都是。

他一定就是那隻可多樂他們正在追捕的惡霸狗！

走另一條路到神社，應該可以捷足先登。

正當我暗自決定時，那隻狗卻彎過了街角。

他似乎不是要去神社。

那他究竟要去哪裡呢？

我決定暫時不去知會阿里，就跟在他的後頭走。

16

偷窺庭院的狗和牆上奔跑的貓

惡霸狗行走的路線非常的不可思議，他並非一直往前直走，有時向右轉，有時又向左轉。而且，向右轉彎後，一定不會接著向左轉。有時會連續向右轉彎兩次，或者連續向左轉彎兩次，但就是不會連續向同一個方向轉彎三次。

他有時會停下腳步，窺探某個庭院，尾隨在後的我也跟著停下來，望進庭院。只要是他停下來看的庭院裡，都一定有養狗，不過，他並沒有因此闖入院子裡。

有一個院子，和道路中間隔著矮籬笆，院子裡的小狗正在睡午覺。惡霸只是朝小狗稍微瞄了一眼，並沒有進入院子攻擊他。籬笆很輕易的就可以越過，況且，庭院裡一個人也沒有，如果他存心襲擊，應該輕而易舉。

他到底在盤算什麼呢？

那一瞬間，我突然想到，也許他不是那隻惡霸狗，只是迷了路而已。

不過，他沒有戴項圈。

不久，惡霸狗穿越商店街，轉了一個彎。再往前就會走到獸醫院了。從他剛剛與我擦身而過的地點來說，他繞了好大一圈。

他朝獸醫院的方向彎了過去。隔一會兒，我也彎過去。原本以為他會在很前頭，但他卻在離我以狗來說二十步遠的地方停下來，望著獸醫院的水泥牆。

我也順著他的目光望去。

牆上有一隻貓，是小雪！

惡霸狗和小雪所在的地方，差不多相隔有五輛小客車的距離。事實上，這條路上稀稀落落的停了三輛車。

我在街角停下來。

剎那間，惡霸狗以迅雷不及掩耳的速度，朝小雪衝過去。

我大吃一驚，放聲大喊：

「小雪！有狗！快逃！趕快逃！」

小雪朝這邊看過來。雖然她已經注意到狗的存在，但似乎沒有察覺到即將面臨的危險。

「小雪！趕快翻到水泥牆後面，進去獸醫的家！」

小雪的嘴角蠕動了一下。雖然不知道她說了什麼，但看來她知道我的意思，轉身翻到了水泥牆後面。然而，此時惡霸狗已經來到小雪待的水泥牆正下方。

惡霸狗一縱身，跳過了水泥牆。

我朝惡霸狗消失的方向追去。

我聽見水泥牆後面傳來巨大的鐵罐傾倒聲。

我跳上水泥牆，往下一看，惡霸狗就站在牆的後面，但沒看到小雪的蹤影。

太好了，小雪應該順利逃脫了。

大概是發現我跳上牆，惡霸狗朝我走來，嘴巴露出獠牙，對我發出一聲低吼：

「你小子是誰？」

我嚥了嚥口水，緩緩的回答：「我是魯道夫。」然後我又自然的吐出：「不要在這一帶撒野！」

「你說『不要撒野』？」

「沒錯！還有，你是誰？」

「哼……」

惡霸狗只用鼻子哼了一聲，什麼都沒說。

於是我又問了一次。

「你是誰？報上名來！」

「真愚蠢啊……」惡霸狗露出邪惡的笑容。

如果是初來乍到時的我，那麼此刻或許我會會錯意的說：

「喔，真是稀奇啊大叔，你叫『真愚蠢啊』？」

經過這些年的歷練，現在的我已經不會再說這種蠢話了，不會真的以為他的名字叫「真愚蠢啊」。不過，我仍然盡可能用認真的口氣說：

「『真愚蠢啊』還真是個古怪的名字。真愚蠢，我知道是腦袋不靈光的意思，可是『啊』這個字我就不太明白了，是在讚嘆你的愚蠢程度無人能及嗎？」

「你這臭小子，我覺得你不只想找麻煩，還想找架打是嗎？」惡霸狗說完，往前邁了一步。他現在所站的位置是在獸醫院的院子裡。小小的草坪上有一些花壇。

雖然我認為小雪此時應該已經安然無恙，或許正躲在哪裡，但為了確保她能夠全身而退，我必須想盡辦法把惡霸狗的目標轉移到我身上。

「真是有趣啊……」

當惡霸狗高深莫測的笑著說話時，獸醫家二樓窗戶的裡面，有個灰色的影子在移動。

一定是小雪，她逃到房子裡頭了。

如果真是那樣，剩下就看我的了。

我在牆上緩緩的倒退。

惡霸狗也跟著我開始移動。

我迅速回頭，然後開始在牆上奔跑。以這牆的寬度，我們貓咪走在上頭是綽綽有餘，可是對狗來說就會有點吃力了。

惡霸狗越過水泥牆，跳到馬路旁，沿著水泥牆短暫的追了我一下。我在牆上奔跑著，然後從獸醫院隔壁的廚房房簷跳上一樓屋頂，順利揚長而去。

17

歸來的阿里和我的靈光一閃

我第一件事就是回到神社找阿里。

好巧不巧，米克斯居然也在神社。我穿過神社入口，朝他們兩個跑去。

米克斯一看見我就大叫：「喂，小魯，我聽說了。虎哥往船橋的方向去，短時間內都不會回來了。真是令人寂寞啊！」

他開玩笑的說著。然而，

當他看清楚匆匆跑來的我，似乎立刻意識到情況非同小可。

我走到米克斯身旁，他低聲問：

「看來現在不是開玩笑的好時機。怎麼？發生什麼事了？」

我把今天遇到的情況原原本本的描述了一遍。

「那個混帳惡霸！不過話說回來，今天要不是小魯你，小雪不知道會變成怎樣？真是謝了，小魯，你是小雪的救命恩人。」

米克斯起身似乎要去做什麼。

「你要上哪去，米克斯？」我問。

米克斯鼓脹著臉說：

「那還用說！我要去找那個傢伙，好好教訓他！」

「還是算了吧，米克斯。那樣的龐然大物，我們是拿他沒辦法的，就算是可多樂也……」

「也可能贏不了他。」我原本想這麼說，但話到嘴邊還是吞了下去。雖然這麼說或許對可多樂大不敬，但我深深覺得，和那樣的狗打架，就算是可多樂，勝算也不大。

「那你說怎麼辦呢？小魯，難不成就這樣放他不管嗎？」

這時，阿里走到我們旁邊。

「那個……」他開口說。

「那個……我想，是不是由我去通知虎大，還有我的哥哥們比較好呢？」

米克斯立刻表示贊成：

「對，沒錯，就是這樣。不管怎麼樣，都得通知虎哥。」

我當然也贊成。

「如果是由我和米克斯去市川的話，我想我們不知要上哪找大夥兒才好。真不好意思，可能要麻煩阿里，不，要麻煩里哥跑一趟了。」

「可是，我還是貓質……」

「都到這個節骨眼了，再說那些已經沒有意義啦！這個任務非你不可！」

聽米克斯這麼說，阿里轉頭看看我。

「那就拜託你了，里哥，請你去幫忙通知他們吧！」我再次拜託他。

「真是的，如果恰克哥能晚半天來就好了。」阿里自言自語著，然後對我和米克斯說：「就這樣吧！可是即便我到了市川，大夥兒應該都已經向船橋出發了，四處打聽也是需要時間，不能保證很快就能找到他們。況且把大家找齊了再帶回來這裡，至少需要花個兩、三天。」

我跟著惡霸狗在街上四處遊蕩，花了比我想像中還要長的時間。等我們三個決定好計畫，阿里出發時，早就過了下午，夕陽也已經開始西下。

目前看來，待在神社很危險，所以我和米克斯決定回到日野先生家去。一路上，米克斯好幾次說道：

「真是不懂，那傢伙遇上你的時候都沒什麼動作，可是為什麼單單看見小雪就興起攻擊的動機呢？而且，他對其他院子裡的寵物狗也沒有出手啊……」

米克斯納悶不已。

我們一回到日野先生家，便繞過院子籬笆去找大魔頭。

聽完了我的描述後，大魔頭說：

「那個小雪我沒有見過，我是不知道啦！但再怎麼漂亮也是隻貓吧！那傢伙看樣子應該是隻公狗，公狗追母貓，這事還真妙，讓人摸不著頭緒……」

然後，大魔頭轉向我說：

「可是，事到如今，我想，你也成為那隻狗的目標之一了。現在開始，你還是少在外頭遊蕩，好好待在日野先生家或者我身邊吧！」

我也打算如此。

過了一會兒，米克斯說：

「我有點擔心，我去小雪那裡看看情況。」

說完便出發去了，等到夕陽完全西下，他才回來。

「小雪果然受到很大的驚嚇，她要我跟你道謝。我要她在那隻惡霸狗消失之前，不要再到外面來。」米克斯說。

我心裡一直掛念著一件事，趁現在天色完全暗下來，我打算出去一趟，可是米克斯阻止我：

「你要去哪裡，小魯？現在出去外面很危險。」

「我想去看樣東西。」

「看樣東西？什麼東西？」

「去看那隻狗白天偷窺過的人家。那些人家家裡都有養狗，我想去看看都是些什麼狗。」

「看了又怎樣？」

「去看看，也許能發現什麼線索也說不定。」

「這附近有哪些狗，不必親自去看我也知道，你告訴我是哪些人家，我詳細說給你聽。」

「嗯，首先是……」

於是我開始一戶戶形容惡霸狗窺探過的人家。

「喔，那個啊，那是林田先生家的『百吉』，深褐色的、毛很長對吧？是隻公狗，不太吃餅乾類的狗食。」

「那隻的話是岡村先生家還在念小學的孩子飼養的母狗，叫

『小餅乾』。比起肉，她比較喜歡吃魚。」

「嗯，那是平山先生家的公狗。叫做……嗯叫……喔，對啦，我記得他叫『信平』。明明是隻狗，可是卻喜歡吃胡蘿蔔，你相信嗎？」

米克斯就這樣一一向我敘述那些狗的性別，以及喜好的食物。

「可是米克斯，雖然我不知

道為什麼，但你好像對這一帶的狗如數家珍啊！」我說。

米克斯很驕傲的說：

「那是當然的啦！我還在五金行裡當寵物貓時，就和這一帶的狗是好哥兒們了。雖然那些傢伙的主人每天都會帶他們出去散步個一、兩次，但他們對這鎮上的事還是了解有限。所以每次我去找他們聊天時，他們都很開心。像那隻蕎麥麵店的三毛貓，雖然常跟大夥兒說些有的沒的，但很多都是加油添醋來的。能和這些狗做朋友，真的很棒。去找他們玩的時候，他們還會分食物給我吃呢！」

然而，就算知道了這些狗的性別，以及喜好的食物以後，還是察覺不出什麼線索。

「我還是得親自去看看。」

我起身準備出去，米克斯說：

「如果你堅持，那我也一起去，我實在不放心你單獨行動。」

接下來他又自言自語的說：

「可是話說回來，我們剛剛說的那些狗全都是混種狗，不像大魔頭那樣有血統證明書的狗。就算有，也會被養在家裡……」

聽米克斯這麼一說，我突然靈光一閃。

像大魔頭那樣有血統證明書的狗？那阿里家的阿丹呢……對了，他是有血統證明書的臘腸狗！而小雪也是有血統證明書的美國短毛貓！

沒錯！就是這樣！雖然阿丹是隻公狗，小雪是隻母貓，但他們有一個共通點，就是有血統證明書！也就是說，他們都是純種的狗或貓。

「沒錯，就是這樣！」

我大叫一聲，米克斯嚇得閃到我身後。

「幹麼突然這麼大聲，是要嚇死我嗎？什麼事啦？」

「雖然不知道為什麼，但那傢伙攻擊的目標，就是有血統證明書的動物！」我對米克斯說。

18

惡霸的攻擊目標與「幫忙」、「依靠」的不同

就好比在人類中，有些沒教養的人會說「黑貓不吉利」的話。

我討厭那種人類。我討厭他們的原因，不單是因為我是黑色的貓。我想米克斯會和小雪交往，也不是因為她是有血統證明書的美國短毛貓。

有沒有血統證明書？是混種或是純種動物？會由這個來判斷是否要飼養寵物的人類，

是沒有教養的人。只挑純種血統的動物飼養，其實是人類的自由，我沒有說話的餘地。對這種沒有教養的人類，就隨他們去吧！可是這次的事件，我卻無法視而不見。

對方只是因為目標是純種狗貓，便下毒手。

不過，我也不能因此就說：「這樣的話，和我們這些混種狗貓就無關了！」

因為以血統來區分動物，還把這個作為挑釁攻擊的標準，對於這種卑劣的傢伙，我是絕對不能原諒的。

這就是我的想法。而且假使可多樂在這裡的話，他一定也跟我一樣。

照阿里臨走前所說的，要帶可多樂他們回到這裡，最快也要花個兩、三天。

雖然說並不常見，但這鎮上並非完全沒有擁有血統證明書的貓或狗，眼前的大魔頭就是一隻純種的鬥牛犬。依照米克斯的說法，或許有些純種的貓或狗被飼養在家裡。而這些貓狗或許偶爾也會到院子來遛達。

如果是像大魔頭這種有能力保護自己的還好。可是被飼養在家中的小狗，或者像小雪那樣的貓，一旦被那個惡霸狗攻擊，根本就沒有活命的機會。

我到底要不要在可多樂回來之前，都待在日野先生家裡或大魔頭旁邊呢？

答案是：不！

既然知道對方專找有血統證明的純種動物下手，那樣就沒有必要親自去看這附近的所有狗了。但是，今晚的我根本無法入眠，而跟我同樣無法成眠的，還有米克斯。

躺在我身旁的米克斯一直翻來覆去，沒多久，他突然站了起來，小聲的喃喃自語：

「那傢伙怎麼想都不可原諒啊……」

我也坐起身子說：

「米克斯你也這麼想對吧？」

「那是當然的，那混帳竟然想對小雪下手……如果我不好好教訓他，絕對嚥不下這口氣。雖然我也想等到虎哥回來才動手，但我覺得那樣太慢了！」

「我也這麼覺得。我們也不必非得依靠可多樂不可。」

「就是說啊！」

「沒錯！」

「那麼，要動手嗎？」

「要！」

「你有什麼好方法？」米克斯問。

老實說，我已經想過該如何作戰了。如果撇開可多樂，光憑我和米克斯，要正面迎戰那傢伙，幾乎沒有任何勝算。

「嗯，我想過。我們需要大魔頭的幫忙。」

「請大魔頭來幫忙，取代可多樂？不就變成是我們依靠大魔頭了嗎？」

我對他搖搖頭。

「依靠和幫忙是兩回事。所謂『依靠』是不讓自己經歷危險，而靠他人幫助；而『幫忙』則是讓自己也同樣經歷危險。」

「原來如此，那麼我們要採取什麼作戰計畫呢？」

「首先，我們要分頭去找那傢伙在哪裡，如果發現他的話……」

我將作戰策略告訴米克斯。

米克斯聽完後點點頭。

「嗯，是個不錯的策略，不知道那傢伙會不會中計？不過，我覺得我們分頭去找那傢伙似乎不太對，因為我從來沒看過他的長相，但你不同。如果我們兩個一起去找，一旦找到了，就能馬上行動。」

我同意米克斯的想法。

於是我們來到大魔頭家。我們先到狗屋看看，大魔頭不在裡頭。我們又跑到池畔，他在那裡睡覺。

我把他叫起來，跟他說了關於那隻惡霸狗把純種動物當攻擊目標的事，並說明了我立下的作戰計畫。

「我當然沒問題，這場戰

役我是非參加不可。但是要你們兩個投入這麼危險的戰局，恐怕……」大魔頭一臉憂心忡忡，可是，看到我和米克斯戰鬥到底的決心，他說：「既然這樣，那就出發去吧！」

他又傳授我們一些祕訣。

「或許你們貓咪也一樣，對我們狗來說，一旦慌了手腳，嗅覺就會變得不靈敏。雖然這不是什麼光明磊落的手段，但是，為了讓對方無法冷靜的判斷情況，可以盡量說一些他非常在意的事來擾亂他。」

「嗯，了解。就這麼辦吧！」我說。

大魔頭接著說：

「對這種傢伙來說，最能讓他失去理智的話，就是……」

他話說到一半，就被我打斷。

「我知道啦，話點到為止就好。雖然我知道大魔頭你不會這樣想，但我也不想從你口中聽到那樣的話。」

「是嗎？那好，我也不想在你們面前說出那樣的話。那麼，你們就小心上路吧！」

我和米克斯躍過了大魔頭家的牆，來到馬路上。

19

我的作戰計畫和頭頂捲髮器的飼主太太

國中旁有一座附設游泳池的公園。我和米克斯徹夜搜尋，終於在天快亮的時候，在公園的長椅下發現一隻正在睡覺的狗。

離長椅稍微有點距離的地方，有棵粗壯的樹幹，我們躲在樹蔭底下看了一下那隻狗。

「你確定是那傢伙沒錯嗎？」米克斯問。

「長椅底下有點暗，雖然

不是百分之百確定，但應該是他沒錯，而且，大概沒有狗會睡在公園裡。」

我腦袋裡浮現從公園通往日野先生家的路。

現在的問題是，要走哪條路、怎麼走，才能在屋簷和牆上順利的奔跑呢？

在那個街角向右轉、然後左轉……我和米克斯討論著待會兒的逃跑路線。

等我們確定好了路線，便肩並肩，朝長椅走去。

那隻狗似乎察覺了我們的到來，他抬起頭。

「睡醒啦！流浪惡霸狗……」

說話的是米克斯。米克斯本身是不贊同寵物貓和流浪貓的說法，他會這麼說，應該是為了激怒那隻狗吧！一旦被激怒了，就會失去冷靜的判斷力。

那隻狗從長椅下出來後，馬上直起身來，瞪著米克斯。

「你小子是誰？」

「我是誰？哼，像你這種混種狗沒資格知道我的名字！」

「你說什麼……」狗喃喃說著，然後朝我這邊看過來。

「欸，你不是白天那個……」

「你總算發現啦？難怪你的名字叫『真愚蠢啊』，發現得這麼晚。人家說流浪狗的腦袋不好，真是不假呀！」

「你、你說什麼？你再說一遍……」

惡霸狗說完，下一刻便朝我們追過來。

我和米克斯左右分開逃跑。

惡霸狗朝我追來了，光聽腳步聲就知道。我跑向公園出口附近的大樹，爬了上去。

我抓緊大小剛好的樹枝，低頭往下看。

惡霸狗抬頭看著我大吼：

「快給我下來！」

我默不作聲，向下俯視著，接下來就看米克斯的了。

從路的另一頭傳來米克斯的聲音：

「真是沒用的傢伙。還好你不是純種波音達獵犬，不然早被你追上了。」

惡霸狗看了看路的那一頭，然後又看向我，最後決定衝向米克斯的方向。

「笨蛋，我在這裡！」

米克斯的聲音越來越遠。

我趕緊跳下樹來。

奔跑的路線我們早就規劃好了。我彎過第一個轉角後，聽見了惡霸狗的聲音。

「你這傢伙，給我下來！」

雖然沒看見，但我想米克斯現在應該是爬到屋頂上了。這會兒沒聽見米克斯的聲音，惡霸狗抬頭看著屋頂。

我趁著惡霸狗尋找米克斯的時候，先一步到達下一個街角，從電線桿後露出臉來。

現在輪到我了。

「果然是混種狗！鼻子真不管用，連這裡有貓都聞不出來。」

我大聲的說，惡霸狗轉頭看向我。緩慢的朝我前進，又追了過來。

我沿著路筆直的奔跑，在轉過一個街角的地方，有棟正在興建的小房子。

我跑向那房子。

惡霸狗緊追在後。

他的呼吸聲越來越大。

我眼看著就要撞上房子

的梁柱了，我趕緊跳上去攀爬著。

「嗚哇！」

這時，我身後突然有個叫聲，好像有什麼碰到了我的尾巴。可是下一秒鐘又聽見「砰」的一聲，惡霸狗摔到地面了。

我站在二樓的地板上，向下俯瞰。

惡霸狗正踉蹌的站起身子。

於是我說：

「真是可惜啊！我認識一隻杜賓犬，這種高度的話，那傢伙輕鬆的就能跳上來！」

說實話，我只在圖鑑裡看過杜賓

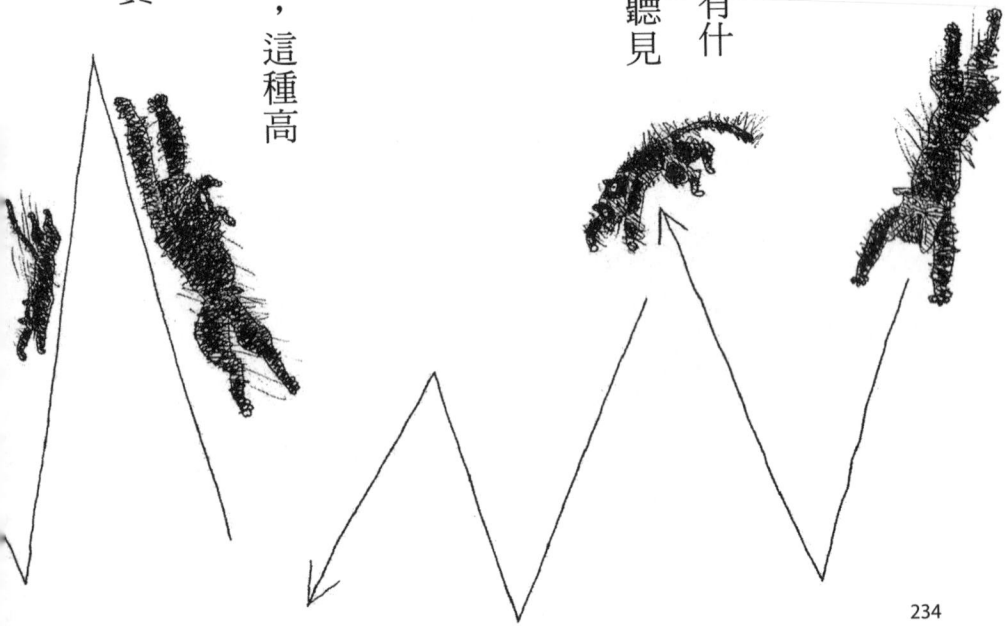

犬。不過在這個節骨眼，有沒有真的看過不重要。

「混、混蛋……」

惡霸狗露出獠牙低吼著，背後傳來米克斯的笑聲。

「哈哈哈，只是稍微跳一下就跌個狗吃屎，這種貨色連鴿子都會瞧不起！其實啊，鴿子只要遇到有血統證明書的高級狗……」

不等米克斯說完，惡霸狗立刻向前追過去。

米克斯逃，惡霸狗追。

米克斯在街角的地方向左轉，到達預定位置。這條路前方有個水泥水溝蓋，破了一個大洞。

我從這棟正在興建的房子二樓走下來後，變換了

路線，搶先到達下個位置。

我繞到十字路口，看見惡霸狗正把頭伸進水溝裡。

「我是可愛的小鼴鼠……」

米克斯藏在水溝裡，用超級瞧不起人的聲音唱著歌。

我配合著米克斯的歌聲，唱和著：

「喂，混種狗，『真愚蠢啊』，你連鼴鼠都抓不到，我看你是沒資格當獵犬嘍！」

惡霸狗放棄了鑽進水溝的米克斯，把目標轉向我。於是，我和米克斯互換角色，現在由我來嘲弄惡霸狗，一步步把他引到日野先生家的方向。

我用各種不同品種的狗來嘲弄他：德國牧羊犬、可麗牧羊犬、聖伯納、吉娃娃、鐵利亞犬……效果極佳。

每次拿他跟別的狗比較，惡霸狗就會越來越生氣。我平常會看《犬類圖鑑》，所以知道很多狗的品種。而米克斯雖然非常了解附近的狗，但他知道的狗品種卻沒我多。他再次在樹上嘲笑著惡霸狗：

「喂，混種大笨狗！我的朋友黑猩猩，像這樣的高度，他一下子就爬上來了喔！」

到了這個時候，惡霸狗早就已經火冒三丈、失去理性判斷，根本不在乎黑猩猩不是狗的事實。他在樹底下使勁的狂吠，最後張大嘴咬住了樹幹。

好不容易，我和米克斯來到日野先生家斜對面的屋頂會合。

這時，東方的天空已經泛白，底下的惡霸狗正仰望著我們狂吠，而水泥牆的對面，大魔頭也正從那裡抬頭看著。

也許是氣昏頭加上鼻子失靈，惡霸狗絲毫沒有察覺牆的對面有隻鬥牛犬。

他曾經越過獸醫院的牆，應該也會跳進大魔頭家的牆吧……

「嗯，該走了嗎？小魯？最後一仗要開打了。」

米克斯說，我點點頭。

我們從對面的屋頂爬下來，在路上繞了一圈，往惡霸狗的方向走去。我們分明已經不在屋頂上了，他卻依舊抬頭望著屋頂。

我們悄悄的來到大魔頭家的水泥牆下，然後一起大叫：

「喂，這裡！」

我們爬上牆，然後翻身跳進大魔頭家的院子。

「大魔頭，換你接棒！」

我話一說完，立刻聽見身後發出一陣響聲。

惡霸狗越過牆了！

回頭一看，大魔頭正叉開腳，擋在惡霸面前。

「我等你很久了，聽說你不喜歡有血統證明書的狗對吧！真不巧，我就是一隻純種的鬥牛犬，我的血統證明書就放在家裡做裝飾呢！」

說時遲那時快，惡霸狗撲向大魔頭的瞬間，大魔頭從下方咬住惡霸狗的喉嚨，用他粗壯的脖子甩啊甩，三兩下就把惡霸狗甩到草坪上。

惡霸背脊著地，掙扎著想站起來。

「啊嗚……」

他的喉嚨發出刺耳的聲音，然後「砰」的一聲倒下了。

我和米克斯面面相覷。

「不要緊吧……」

我說，米克斯也歪頭想著，這時，大魔頭突然吠了起來。

「汪、汪、汪！」

大魔頭的這種狂吠聲，還真是久違了。

「汪、汪、汪！」

這個力道十足的吠叫聲，讓大魔頭家的窗戶倏忽的打開了。

飼主太太頭頂著捲髮器，探出頭來。

「怎麼啦，小魔？安靜點，你這樣大叫會吵到鄰居，現在還很早呢……」

飼主太太話還沒說完，突然發現有隻狗倒臥在地上。

「哎呀，這是打哪兒來的狗啊……」

之後，不用說，大魔頭家自然是一陣混亂。

20

稍長的終曲和有教養的貓不做的事

可多樂歸來，已經是兩天後的事了。

白天我和米克斯去了獸醫院，晚上回到日野先生家，發現可多樂和普拉多、恰克、阿里龍虎三兄弟都回來了。

可多樂已經從大魔頭口中大致知道了事情的經過。

這是我第一次見到普拉多，普拉多跟我打了一段長長的招呼：

「啊，小哥，初次見面，您好啊！我是普拉多，關於您的名號，我從虎大還有我們家的阿里那裡聽聞許多，久仰您的大名了。還有關於這次您幫我復仇的這件事……」

在這段話裡，普拉多稱可多樂「虎大」、叫我「小哥」、叫米克斯「米哥」。想必是從阿里口中聽到我信口胡謅的話，就信以為真了。

如果現在不趕緊說實話，以後解釋起來恐怕會更棘手。

於是我向普拉多他們說：

「其實，說什麼偉大的人物都會縮短稱呼，那是我胡亂編的……」

普拉多卻說：

「啊，小哥真是愛說笑！我可是和虎大確認過呢，他說確實是這樣沒錯。」

他仍然不放棄「小哥」這個稱呼。

關於這個問題，可多樂之後是這麼跟我說的：

「第一次阿里叫我『虎大』時，我就覺得很奇怪，我問他為什麼這樣叫我，他說是你說大人物都會這樣縮短稱呼。既然如此我就順水推舟，讓他們這麼以為。因為他們真的太誇張了，叫我『虎哥老大』還算好，有時候他們還會在我的名字前加上『古今中外無人能敵』，或是『無庸置疑、無須再議』這類莫名其妙的稱號。如果要在路上被他們這麼叫，我寧願他們叫我『虎大』。」

「原來是這樣啊，不過『古今中外無人能敵、無庸置疑、無須再議的可多樂』真的是個很酷的稱呼耶！那我以後就這樣叫你啦。」我挖苦的說。

「喂，你給我差不多一點！」可多樂一臉正經斥責我。

對了，話說回來，可多樂回家那天，為什麼我和米克斯會去獸醫院呢？那是因為我們去探望那隻惡霸狗。獸醫院的後門和日野先生家一樣，有個貓咪專用的小門。米克斯從那個小門進去了，但是我沒有。

我站在玄關的玻璃門前，醫院的助手就幫我打開了大門。

一隻有教養的貓咪，是不會從後門偷偷摸摸進屋子的。

而且，米克斯到獸醫院去，目的不光只是為了看那隻惡霸狗，他還要去見小雪。

那天早上，大魔頭的狂吠聲，引來飼主太太發現倒臥在地的惡霸狗。雖然不知道他是怎麼進到院子裡來的，但很顯然的，他和大魔頭打了一架，因此，引發家裡一陣混亂。他們打電話請獸醫過來，獸醫便開著車，載惡霸狗到醫院去了。

「雖然不知道是哪裡來的狗，但因為是和我們家小魔打架的，所以醫藥費就由我們負責吧！」飼主太太對獸醫說。

對大魔頭來說，那種程度已經算是手下留情了。之後大魔頭被主人狠狠的說了一頓，但他只是低著頭，安靜的聽訓。

等大魔頭的飼主走開了，我來到他身邊。

「明明不是你的錯啊！」我說。

「雖然我認為自己一點錯也沒有，但老老實實的聽訓，主人的訓話才會早點結束。」大魔頭笑著說。

惡霸狗被大魔頭咬傷的喉嚨已經癒合，也慢慢的恢復了元氣。但剛開始我去探望他的時候，他一句話也說不出來。

等他完全康復，離出院只剩三天的時候，我來到惡霸狗住的籠子旁邊說：

「那時說你是混種狗，又一直嘲笑你，我真的很抱歉，事實上我沒有那個意思。」

「唉，那件事就算了吧！只是，被混種貓罵混種，我真的是無言以對呀！」惡霸狗眼眶噙著淚水說。

或許惡霸狗在那個時候，早就已經逐漸卸下心防了。

在混亂過後的隔天，日野先生家的幫傭婆婆從大魔頭家的飼主太太那裡得知了這件事，於是來到獸醫院探望。不知道婆婆喜歡惡霸狗哪一點，聽說婆婆竟然說：

「這隻狗真是可愛呀！如果沒有主人的話，我就帶回去養好了。」

這是當時站在一旁的小雪轉述的。

之後，幫傭婆婆每天都去探望惡霸狗，惡霸狗也就

這樣慢慢的和婆婆越來越親近。

車站對面有家美妝店，養了一隻小型的混種母狗，叫做「小玲」。小玲那時剛好也因為腳受傷，在獸醫院住了五天。以下是米克斯從小玲那裡聽到的故事：聽說惡霸狗小時候被主人棄養，一直過著四處流浪的日子。

或許同樣是混種狗的緣故，身為左右鄰居的惡霸狗和小玲，每到夜晚都會一邊流淚，一邊互相傾吐自己的故事。

聽說惡霸狗的媽媽是隻有血統證明書的鬥牛犬，爸爸則是混種狗。

「嗯，這種事很常見。有血統證明書的母狗愛上混種狗之後生下的孩子，就會成為混血的混種狗，然後被棄養。或許惡霸狗也是這樣吧！真是不幸，不幸啊！」

和我一起聽米克斯說故事的大魔頭一陣感嘆。

之後米克斯對我說：

「不知道獸醫師是不是也是這種人類……」

我不知道這跟獸醫師有什麼關係，於是我很自然的說：

「我想應該不是。」

「這樣啊！」米克斯似乎放下一顆心。

那時的我以為米克斯是為了惡霸狗在擔心。但後來想想，總覺得事情不是我想的那樣。

不過話說回來，不管怎樣，惡霸狗已經被婆婆收養了，之後我們應該會變成好朋友吧！

我這麼相信著。

只要成為好朋友，我就能聽他親口敘述自己的成長故事，在此之前，我不會過問任何問題。

這樣才是一隻有教養的貓該有的行為。

聽說米克斯曾經帶著普拉多、恰克和阿里龍虎三兄弟，偷偷潛進獸醫院的病房。他們站在喉嚨纏著繃帶、正在睡覺的惡霸狗住的籠子前大聲歡呼：「耶！耶！喔！」

這也是我後來聽小雪說的。

站在龍虎三兄弟的立場，他們的朋友阿丹被襲擊，導致身負重傷，做出這種歡呼的行為也無可厚非。

龍虎三兄弟一直到梅雨季來臨之前，都待在日野先生家。可能是聽阿里說了我們之前的淺草之行，普拉多對我說：

「只有阿里拜過觀音，我和恰克都沒去過，我們可能會遭受天譴啊！為了不要遭受天譴，我們最好也去一趟觀音寺，小哥可以陪我們一起去嗎？」

他拜託我，所以這次預計有我、米克斯、可多樂以及龍虎三兄弟，共六隻貓要一起出發去淺草。

可是當我看到普拉多那張臉，我覺得他才是真正符合「無庸置疑、無須再議」這類稱號的大哥，一點也看不出他害怕什麼天譴。我看他只是因為弟弟去過淺草，所以也想去吧！

不過，我自己也很期待能再次去淺草慢慢遊覽。於是，我們就這樣決定了。只是這次要去的貓太多、太顯眼，很難再搭電車，於是我們決定徒步往返。

我邀請小雪也一道去。

「我的身體現在不太方便……」

她回絕了我。

去淺草回來的第二天，普拉多和恰克就回市川去了。

至於阿里，他對兩位哥哥說：

「我想留在這裡繼續學習，暫時不回去了，可以嗎？」

我發現阿里在跟哥哥們說話時，會很自然的用上「我會看著辦啦」這類的語氣，沒有客套拘謹的感覺，讓我相當驚訝。相信不久之後，他也能像這樣毫無顧忌的與我聊天，真希望這一天趕快到來。

正因為如此，阿里到現在還待在我們這裡。但可多樂卻隨著普拉多他們一起去了市川。可多樂說：

「對面有個管理鬆散的圖書館，那裡的英文書可以讓人隨意看到飽。上次因為忙著找惡霸狗，所以沒時間過去。現在事情都解決了，我可以慢慢閱讀了。」

可是，可多樂要再去一次，並不只是為了這個原因。雖然我不是要故意偷聽，但我無意中聽見可多樂和普拉多的對話。

「虎大，這樣好嗎？如果你不回市川，燒肉店的齊子會很寂寞的。」

「噓，小聲點，你這傢伙，亂說什麼話……」

後面的對話，我就聽不到了。

對了，我們六隻貓到淺草寺的時候，米克斯曾經獨自突破人群的障礙，在偌大的香油錢箱前誠心誠意的祈禱著。

事後我問米克斯，他在祈禱什麼？

「那沒什麼啦……」他只是害羞的回答，其他什麼也沒說。

不過就算這樣，我也大概猜得出他求什麼了。

之前我去邀請小雪的時候，我發覺她的肚子似乎有點大。

我想小雪無法跟我們一起去淺草，與米克斯的祈求肯定有很微妙的關係。說不定也和米克斯不去茨城有關……

這些事應該不久之後就會明朗了吧！在這曖昧不明的時刻，我也不會刻意去刺探米克斯或小雪的口風。

還是回到那句老話：這才是有教養的貓該有的行為。

56 讀書會

魯道夫出生在日本，從崎阜流浪到了東京，
這個距離我們不遠的國度，是個什麼樣的地方呢？
一起來看看吧。

日本・到此一遊

岐阜縣

地理位置

岐阜位在日本列島的正中心，在東京西方約300公里處，高速公路、新幹線等四通八達。從岐阜市搭電車到東京，大約2個小時左右。

岐阜號稱「山水之國」，其中的長良川水質清澈，被譽為「日本名水百選」之一。

有趣的文化活動

岐阜有許多具特色的祭典，如「飛驒高山祭之森」、郡上八幡城的「郡山舞」。高山祭會有裝飾著神像、龍鳳或傳說人物的花車，隨著神轎出巡，配合日本傳統服飾的遊行行列，盛大而熱鬧。

東京都

地理位置

東京位在日本的本島東部，是日本的首都，和第一大城市，約有1,200萬人，是政治、文化以及經濟中心。著名的觀光景點如：明治神宮、迪士尼樂園、東京鐵塔、淺草寺等。

知名景點：淺草寺

★雷門：淺草寺入口的大門叫「雷門」。門口的大燈籠超過600公斤。雷門曾遭受祝融之災，後由松下電器的創始人松下幸之助捐贈重建。

★仲見世大道：雷門到淺草寺之間的商店街，林立著傳統藝品和人形燒等小吃店。

★觀音寺：供奉觀音像，每年都有上千萬人來此觀光與參拜。

快問快答

1. 米克斯一行人到鐵軌橋去看傳說中的草裙舞，卻撲了個空。阿里說：「魔鬼就藏在細節裡，越小的事情就越要謹慎」，你贊同這句話嗎？

2. 米克斯認為自己既不是流浪貓，也不是寵物貓，他就是貓。魯道夫也說：「屬於哪種貓，決定權不在自己，重要的是：我就是我。」你覺得這句話可以套用在人類身上嗎？

3. 魯道夫說：「光由有無血統證明書來判斷是否飼養寵物的人類，是沒有教養的人。」你贊同這句話嗎？為什麼呢？

4. 看完了故事，對於魯道夫口中的「教養」這件事，你有什麼啟發呢？

後記

齊藤 洋

我終於拿到第三本魯道夫寫的日記了。和第一、二次一樣，我從外面回來時，發現玄關前堆了一大疊髒髒的紙。

和各位說老實話，我很久以前就收到魯道夫的手稿了，只是我花太多時間重謄稿子，因為我還有許多其他事要做，不可能每天只謄寫貓咪的原稿。

如果我能夠每天只做謄寫稿子的工作，那

麼這書也許就能早點完成……

希望你們會喜歡這第三本魯道夫日記。

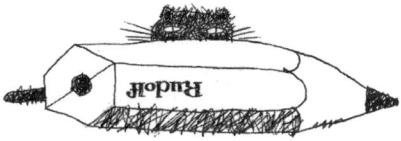

黑貓魯道夫❸

魯道夫與來來去去的朋友

文｜齊藤 洋
圖｜杉浦範茂
譯｜陳昕

責任編輯｜黃雅妮、李寧紜
特約編輯｜劉握瑜
封面及版型設計｜李潔、林子晴
電腦排版｜中原造像股份有限公司
行銷企劃｜陳佩宜、林思妤

天下雜誌群創辦人｜殷允芃
董事長兼執行長｜何琦瑜
媒體暨產品事業群
總經理｜游玉雪
副總經理｜林彥傑
總編輯｜林欣靜
行銷總監｜林育菁
主編｜李幼婷
版權主任｜何晨瑋、黃微真

出版者｜親子天下股份有限公司
地址｜台北市104建國北路一段96號4樓
電話｜（02）2509-2800　傳真｜（02）2509-2462
網址｜www.parenting.com.tw
讀者服務專線｜（02）2662-0332　週一～週五：09:00~17:30
傳真｜（02）2662-6048　客服信箱｜parenting@cw.com.tw
法律顧問｜台英國際商務法律事務所．羅明通律師
製版印刷｜中原造像股份有限公司
總經銷｜大和圖書有限公司　電話：（02）8990-2588

出版日期｜2012年4月第一版第一次印行
2023年8月第二版第一次印行
定　　價｜350元
書　　號｜BKKCJ099P
ISBN｜978-626-305-505-6（平裝）

訂購服務
親子天下Shopping｜shopping.parenting.com.tw
海外・大量訂購｜parenting@cw.com.tw
書香花園｜台北市建國北路二段6巷11號　電話（02）2506-1635
劃撥帳號｜50331356　親子天下股份有限公司

國家圖書館出版品預行編目資料

黑貓魯道夫. 3, 魯道夫與來來去去的朋友 / 齊藤洋文 ; 杉浦範茂圖 ; 陳昕譯. -- 第二版. -- 臺北市 : 親子天下股份有限公司, 2023.08
264面 ; 14.8×21公分. -- (樂讀456 ; 99)
譯自 : ルドルフといくねこくるねこ
ISBN 978-626-305-505-6(平裝)
861.596　112008144

ルドルフといくねこくるねこ
《RUDORUFU TO IKUNEKO KURUNEKO》
©HIROSHI SAITÔ／HANMO SUGIURA,1987
All rights reserved.
Original Japanese edition published by KODANSHA LTD.
Traditional Chinese publishing rights arranged with KODANSHA LTD.
through Future View Technology Ltd.
Traditional Chinese translation rights © 2012 by CommonWealth Education Media and Publishing Co.,Ltd.
本書由日本講談社正式授權，版權所有，未經日本講談社書面同意，不得以任何方式作全面或局部翻印、仿製或轉載。

立即購買 >
親子天下 Education · Parenting Family lifestyle
親子天下 Shopping
親子天下 有聲故事書